MILANO IN OMBRA

ABISSI PLEBEI.

LODOVICO CORIO

Texte et illustration de couverture : © domaine public
Edition : Culturea (Hérault, 34)
Contact : infos@culturea.fr
Retrouvez notre catalogue sur http://culturea.fr
Imprimé en Allemagne par Books on Demand
Design typographique : Derek Murphy
Layout : Reedsy (https://reedsy.com/)

Dépôt légal : janvier 2023

ISBN : 9791041844777

PAROLE NON INUTILI.

....proverbio trito.... chi fonda in sul
popolo fonda in sul fango.
MACHIAVELLI Il Principe. Cap. IX.

Era il 1° agosto 1876, quando il periodico letterario la Vita Nuova pubblicò un saggio degli studii da me fatti intorno alla plebe di Milano.

Per ben due anni m'ero infognato dove poteva meglio vederla, osservarla, senza destare alcun sospetto, che mi togliesse il modo di studiarla nella sua piena libertà. Diciamolo tosto: la plebe è sospettosissima di quanti vestono abiti di panno. Forse non ha tutti i torti.

Ma lasciamola lì.

Avevo visitate bettole, stamberghe, scuole di ballo, locande; e tutti i vizii e tutti i peccati veniali e mortali m'erano passati innanzi in tutta la loro sfacciata bruttezza.

È dovere però confessare che ho vedute ancora miserie tormentose, dolori quasi insopportabili, abnegazioni deplorevoli, audacie formidabili, sdegni spaventosi, rassegnazioni ammirande.

Perle nel fango.

La plebe è corrotta. Sicuramente: essa riflette la corruzione delle classi così dette elevate, come nell'immobile specchio di un'acqua stagnante si riflettono gli alberi che intorno ad essa stanno.

I popoli, cito l'autorità di Petruccelli della Gattina, non hanno sentimenti bassi, se non quando si elevano alla borghesia. La plebe collettiva ha sempre sentimenti nobili, perché partono dal cuore, perchè sono istinto. La plebe, si potrebbe dire mercantilmente, è corrotta per conto terzi.

E allora che volete pretendere dalla plebe? Avete ragione di chiamarla la pellagra sociale.

«Si, signori, vi dirà Cesare Correnti, avete detto bene: la plebe è la pellagra sociale.

«Chi mangia male e irregolarmente, chi respira il tifo e la colpa nelle locande si guasta il sangue e le idee. Effetti della segale cornuta sul temperamento sanguigno e dei sofismi cornuti, commentati dalla pancia vuota su una testa vuota.

«Et ne nos inducas in tentationem.

«Se preghiamo Dio di non metterci a male prove, con quanta maggiore logica non diremo noi alla società: Non fabbricare colle tentazioni gli oziosi, le prostitute, i malandrini

Parole sante, che è un peccato non averle pubblicate prima d'ora.

Del resto la plebe di quel tempo non è più la plebe de' giorni nostri.

Gran parte è sparita dalla scena del mondo.

La media della vita de' disgraziati plebei è breve: gli stenti ne affrettano la morte.

Inoltre dal 1876 in poi la plebe milanese è diventata una tutt'altra cosa. I ladri sono stati soppiantati dai truffatori, l'astuzia ha preso il posto del coraggio. Questo cambiamento d'industria ha imposto un mutamento d'abitudini.

E poi molti di questi disgraziati hanno lasciato Milano; parecchi hanno messo giudizio

qualcun s'è perfino ammogliato ed è diventato un discreto padre di famiglia.

- G'hoo la donna, adess besogna che faga giudizi.

- Bravo, bravo: n'era tempo.

Per vero dire anche la società dal canto suo ha procurato di trasformare i plebei, infatti ha eretto dalle fondamenta quel grande rifugio che è il carcere cellulare, e con zelo di carità ha trovato quell'espediente purgativo del domicilio coatto.

3

In Italia si spende poco per le scuole, ma non si bada a buttare il denaro quando si tratta di costrurre un carcere cellulare... modello; ovvero a stipendiare custodi, guardie carcerarie, agenti di pubblica sicurezza; infine per la pura verità si pensa poco a prevenire, ma in quella vece si pensa molto a reprimere. Eppure con un po' di carità si potrebbero disarmare tanti odii, ammansare tante ire, cancellare tanti rancori tra classe e classe di cittadini, risuscitare un poco di affetto, ravvivare de' buoni sentimenti nascosti giù de' precordii tra la zavorra. Ma chi se ne occupa? Se ne occupano i preti e i filantropi dottrinarii, Carità pretensiosa, arida, infeconda.

La plebe s'è trasformata di tendenze e di costumi: l'odio verso le classi elevate è però rimasto lo stesso. Ecco perchè gli studi da me fatti nel 1876 sulla plebe di Milano possono oggi riveder la luce, e corretti, e compiuti, cattivarsi la curiosità e forse il giudizio benevolo del cortese lettore.

La sostanza è la stessa, gli accidenti sono mutati, epperò ho dovuto mutare la forma del mio lavoro. Ma siccome le durezze della miseria per la povera plebe sono oggi ancora quello ch'erano allora, così possiamo dire essere questi studii nuovi... nuovi per la società disattenta e negligente. Altri ci ha seguiti in questa strada analitica e s'è dato due anni più tardi a ripetere i nostri gridi d'allarme, collo stesso frutto che abbiamo ottenuto, allorquando per la prima volta li abbiamo messi noi.

Voglia la sorte che quando la Società sarà disposta ad ascoltare i lamenti della plebe e ad esaudirne i desiderii, la società non abbia a dover riconoscere quanto sia vera la sentenza del Machiavelli, e cioè che «venendo con i tempi avversi le necessità, tu non sei a tempo al male, ed il bene che tu fai non ti giova, perchè è giudicato forzato, e non se ne è saputo grado alcuno.»

Noi facciamo il dover nostro e ripetiamo il nostro grido; e se mai troppo affiocata fosse la nostra voce, gioviamoci di quella potentissima di Victor Hugo che per la Francia potrebbe essere stata profetica: «Messieurs, songez-y, c'est l'anarchie qui ouvre les abimes, mais c'est la misère qui les creuse.»

FONDACCI

L'ignoto è uno stimolo potente per l'attività dell'uomo. Scoprire! ecco il gran premio per molti generosi, i quali affrontano pericoli e disagi d'ogni fatta pur di rinvenire ciò, che i più neglessero o quello che alcuni inutilmente cercarono; e questo premio sembra ad essi tanto maggiore, quanto la cosa scoperta riesce più dissimile dalle cose già note, o quanto più strani furono i mezzi adoperati e le vie tenute per giungere a trovarla.

Poichè a tutto quello che è strano e disforme dal proprio modo di vivere l'uomo presta il suo omaggio di ammirazione, il suo culto, e gli porge largo tributo di «oh!» e di «ah!».

Le relazioni intorno ai Papuas della nuova Guinea dateci da Odoardo Beccari, destarono meraviglia ed interesse vivissimo in chi ebbe la fortuna di leggerle; eppure con quegli ottimi Papuas abbiamo si scarsi rapporti, che se non fosse pel Beccari, quasi non ci daremmo per intesi della loro esistenza. E quanta curiosità non attrassero i due Akka che dal Miani furono destinati a rappresentanti dei loro simili presso gl'Italiani? E infine per pochi mesi gli eroi della curiosità pubblica non sono stati forse gli Esquimesi visitati da Giulio Payer e da Carlo Weiprecht? E questi non furono forse eclissati dal prof. Nordenskjold e dal tenente Bove?

E non attrassero poi l'attenzione dell'universale i Tunisini visitati dal marchese Antinori e dal barone Castelnuovo?

E l'ammirazione di costoro non venne distratta dalla narrazione de' viaggi e delle drammatiche avventure del capitano Cecchi?

Alcuni però s'accontentano di cercare e di conoscere cose assai più vicine e più ovvie, è però leggono con soddisfatta attenzione le Escursioni nei quartieri poveri di Londra; di L. Simonin, Les Ordures de

Paris di Flévy d'Urville; Paris di Maxime du Camp; Les classes dangereuses de la popolation dans les grandes villes dei Frégier; Les populations dangereuses et les misères sociales di Paul Cère; Le sublime di Denis Poulot; Intemperance et misère di J. Le Fort; La Société et les mœurs allemands dal Tissot; La misère di J. Siegfried.

Riguardo ad ignoranza e ad abbiettezza la feccia plebea di qualsiasi grande città può dare dei punti ai Papuas, agli Akka ed agli Esquimesi. E la marmaglia pullula e brulica in ogni grande città, eppure gli onesti cittadini non la curano, perchè non la vedono quasi mai, e appena ne ricordano talvolta con disprezzo il nome. Di giorno essa appare di rado; sfogna per lo più di notte, appare quando per insoliti avvenimenti, il principio d'autorità viene fortemente scosso da una delle classi superiori della popolazione, che insofferente dal giogo che porta, levasi contro la classe avversaria, ne calpesta le istituzioni e ne crea di nuove, se la fortuna le dà il trionfo nella terribile lotta.

La marmaglia vive alla luce del sole, quanto dura cotesta lotta e talvolta vi prende parte, sempre però a favore della classe oppressa o ribelle.

Ma in tutte le città d'Italia e specialmente in Milano, quando la lotta s'impegnò tra cittadini e stranieri, è dovere il dirlo, la marmaglia si fece massacrare a nome del principio nazionale, ch'essa non poteva comprendere e dal trionfo del quale non poteva sperare alcun vantaggio. Perocchè la smania di far bottino non era ragion sufficiente per ispronare i plebei a esporre la vita loro a gravissimo pericolo; tanto più che a cagion d'esempio, nella Rivoluzione del 1848, mentre più ferveva la lotta, non si ebbero a lamentare ruberie e la plebe fece meravigliare le classi più elevate colla sua severità verso chi aveva formato disegno di violare il diritto di proprietà.

Forse la feccia era sostenuta in quegli istanti supremi da un desiderio vago e indistinto di un migliore avvenire, o forse pensava che dalla redenzione nazionale potesse derivare la redenzione individuale, e che rompendola colle vecchie tradizioni ancor essa potesse mettersi per una via conducente a non deplorevole meta. Fors'anche la lusingava la speranza d'un po' di gratitudine da parte de' suoi connazionali, i quali avrebbero posto in oblio le passate colpe per non ricordarsi se non dei servigi dalla povera plebe resi alla patria. Ma comunque ciò sia avvenuto ed avvenga, è certo che la plebe non partecipa alla politica, che durante gl'interregni e la sua esistenza pubblica dura dalla caduta d'un governo alla proclamazione d'un altro. Ed in quel frattempo e nobiltà, e borghesia e popolo comprendono il loro torto nell'aver dimenticata questa massa abbastanza ingente, cui in quel punto temono soverchiamente, perchè non conoscono e perciò ne esagerano la tristizie e la potenza. Dissi che anche il popolo la teme, perchè nulla ha di comune con questa turba; alla quale non potendo applicare il nome storico di plebe, daremmo di preferenza quello di feccia, quantunque gli uomini delle classi superiori con carità fraterna abbiano trovato moltissimi altri nomi per indicarla, quali, per citare i più conosciuti: marmaglia, plebaglia, popolazzo, popolaglia, gentaglia, bordaglia, bruzzaglia, canaglia, e via dicendo.

Essa però non è un triste privilegio dei tempi nostri, ma un fenomeno di tutti i tempi, ed ebbe sempre le stesse tendenze le stesse passioni, la stessa natura.

Tra la Suburra e la Villette e Ménilmontant tra White-Chapel e la via Varese o la via Legnano, o lo stretta Calusca, o il vicolo della Corde, nessuna differenza ci corre.

E questa turba fu pure in ogni tempo spregiata, giacchè Sallustio ve la dirà cupida sempre di nuove cose, e Machiavelli per natura pronta a rallegrarsi del male.

Milano ha del pari che tutte l'altre città la sua feccia, la quale, come ripeto, ha nulla di comune coll'ottimo popolo operaio, che massime in questi ultimi tempi, è diventato massaio e previdente ed ama l'istruzione ed il lavoro. Nè si creda che questa genia sia composta di soli Milanesi; questi anzi vi sono in minor numero di quel che non si creda, giacchè a formarla concorrono tutte le città minori e i villaggi di Lombardia, che mandano a noi tutti i loro rifiuti. Cosa questa non nuova, chè la plebe di Roma era pur essa composta di gente venuta dal di fuori della città. E Tacito, nauseato dalla corruzione della Roma de' suoi tempi, ne svela la cagione dicendo che in Roma «omnia turpia atque scelesta confluunt celebranturque» il che può ripetersi a buon diritto per la nostra Milano.

In Parigi eziandio, la plebe è formata non solo dei déclassés della grande metropoli, ma per la maggior parte, dei provinciali, il qual fatto era già stato accennato da Jacque Sanguin, prevosto dei mercanti nel 1592 sotto Enrico IV.

«La bonne ville de Paris renferme deux populations bien dissemblables et d'esprit et de cœur. Le vrai populaire, né et élevé à Paris, est le plus laborieux du monde, voire le plus intelligent; mais l'autre est le rebut de toute la France. Chaque ville des provinces a so égout, qui amène ses impuretés à Paris».

FISIONOMIA DELLA PLEBE DI MILANO.

Milano è il gran mondezzaio della Lombardia, la sua feccia che in sostanza è eguale a quella d'ogni altra città, ha però note caratteristiche del tutto speciali, le quali ci possono rendere più agevole il modo di definirla, purchè, ottimo lettore, tu non cerchi nella definizione che ti verrà posta innanzi nè il genere prossimo, nè l'ultima differenza. Dev'essere una bella definizione davvero!

Vagabondi, giuntatori, paltonieri, guidoni, pitocchi, si mescolano insieme a comporre la falange plebea.

Il plebeo non vive in famiglia; esso ne trova o ne improvvisa una dovunque, sulla piazza come nell'ospitale, nel postribolo come nel carcere. Non curante del domani, non ha una stabile ed onesta occupazione; dalla colpa trae miseramente i mezzi di sussistenza; il caso gli fornisce il vestito, e perciò quando la feccia sbuca in folla da' suoi covili la si vede vestita delle foggie più svariate e bizzarre. Berretti e cappelli, abiti di panno logori e smunti, fusciacche di frustagno, calzoni d'ogni taglio e d'ogni colore, scarpe e brodequins si vedono appaiati in istrana mostra, offrendo anche al più superficiale osservatore tutti gli elementi per tessere una storia delle foggie d'abiti in uso da dieci anni in poi presso la cittadinanza, di cui quella moltitudine è parte ed alla quale essa in modo onesto od inonesto li ebbe.

Piccole stelle o buccolette azzurrine agli orecchi, anelli in dito, al collo foulards dai colori smaglianti, ecco gli ornamenti ricercati dagli uomini del nostro volgo. Le donne vestono pur troppo con apparente lusso; ma i lembi sfilacciati delle loro seriche gonnelle segnano la distinzione tra queste miserabili e le vere signore.

Gli uomini sono magri e snelli, piuttosto sparuti; la loro pelle ha un colorito terreo; hanno gli occhi lustri, mobilissimi ed investigatori, ossa zigomatiche assai sporgenti, bocca atteggiata al sarcasmo ed all'insulto, ritengono nel sembiante un non so che di provocante e insieme di spaurito, che rivela la condizione loro di dover sempre camminare per quell'angusto e pericoloso sentiero che separa il delitto dalla punizione. Dove abitano, come vivono e come parlano questi miserabili vedremo in seguito. Osserviamo finalmente, che se per il suo sudiciume la plebaglia è brutta a vedersi, per la sua selvaggia rozzezza è altrettanto disgustosa a trattarsi. Costituisce una società nella società, con alcune consuetudini dagli interessati riconosciute per leggi, con lingua propria, con mestieri speciali, e con una certa gerarchia, di cui quelli che occupano gradi superiori, sono almeno temuti se non rispettati od amati.

Questi miserabili non hanno religione, sono schiavi di molte superstizioni ed hanno di tali loro stolte credenze, non sacerdoti ma sacerdotesse; essi hanno infine una importante caratteristica, già notata dal Machiavelli, ed è che presi singolarmente fanno schifo e ribrezzo e veduti raccolti in massa incutono spavento.

Chi si mostra sfegatato idolatra della feccia, non l'ha neppure vista da lunge.

Gli aristo-democratici non l'hanno mai studiata dappresso e Cassio la conosceva quanto Marat, e Robespierre ne sapeva quanto Marco Bruto. Le illusioni loro, sì presto mandate in fumo dalla plebe ne sono una prova.

Sembrami di vedere quel bravo giovinotto di Cajo Gracco attraversare il foro zeppo dei partigiani della legge agraria. L'elegante figlio del patrizio Sempronio e dell'unica ma ambiziosissima Cornelia; è appena uscito dal tepidario, e a stento può reggere al lezzo caprino, che esala dalle vesti di grossa lana di quella moltitudine. Egli è costretto di portare alle nari la bulla piena di preziosi aromi orientali, mentre ricambia sorrisi ed occhiate a destra e a sinistra, la calca gli si pigia dattorno e col suo puzzo l'ammorba, raccoglie a due mani la toga intento a schivare il contatto dei più vicini, grida: «Popolo sovrano, ti farò rendere giustizia da codesti aristocratici, te lo promette Cajo Gracco. Date il passo al tribuno della plebe.»

«Evviva il tribuno!» esclama di rimando il buglione.

Non esitiamo ad affermare che oggidì avviene lo stesso. Ma che è oggi più scaltra di quel che non si pensi, sa che quando un cittadino delle classi superiori discende tra essa, è segno che è curioso di spiarne la vita intima, oppure che è bisognoso dell'opera sua, perciò si mostra riottosa e diffidente; di modo che, chi si cala ne' covili di essa può a ragione credersi venuto tra un popolo barbaro e selvaggio, cento occhi gli sono tosto addosso con una certa espressione di tenerezza, che pare gli dicano: Non essere indiscreto o ti facciamo la festa.

Innanzi di proceder oltre, conviene che qui riveliamo il nome generico che ha la plebe milanese. Le varietà di essa sono infinite e molti però sono i nomi che nel gergo o linguaggio furbesco le si applicano, però il nome generico, con cui l'intiera classe designa chi le appartiene è quello di lôcch.

RANCIDUMI STATISTICI

Ecco dei dati statistici i quali si possono dire archeologici, ma che non saranno per tornar utili per ragione di confronti.

Portiamoci col pensiero al 1871.

Le mura di Milano ricingono 794 ettare di terreno, su cui formicolano 199,009 persone. Di queste 100790 appartengono al sesso mascolino e 98,219 al femminino, la quale prevalenza fisiologica dei maschi sulle femmine venne anche, or non ha molto, posta in rilievo dal dottor Romolo Griffini nella sua relazione sul Brefotrofio della città nostra.

Ebbene, su tanta popolazione non possiamo notare che 65,365 coniugati; il resto della popolazione si compone di 16,735 vedovi, ed horribile dictu! di 116,909 celibi.

Si noti che un terzo della popolazione è manifatturiera, un altro terzo è occupata in altri uffici, e finalmente l'ultimo terzo, dobbiamo dirlo?... è senza professione. In quest'ultima classe lo statista distingue i non poveri e di questi sono 13,277 i maschi e 46,453 le femmine e riduce i poveri senza professione a soli 345, di cui 60 appartengono al sesso forte e 285 al sesso debole. E notisi che di questi miserabili 22 maschi e 229 femmine nacquero nel Comune; 34 maschi e 55 femmine nacquero in altro Comune del Regno; gli altri sono nati fuori dello Stato.

Questi dati statistici che desumiamo dagli Atti del Censimento 1871 pubblicati dal nostro Municipio c'indurrebbero nell'opinione che in Milano la miseria è una piccola magagna da non dar pensiero, ma pure tutti gli stabilimenti di pubblica e privata beneficenza rigurgitano d'infelici, costretti con o senza loro colpa a giovarsi di queste istituzioni caritatevoli chiamate dai filantropici retorici colla pomposa denominazione di «patrimonio del povero.»

Tra i dati curiosi non crediamo dover ometterne alcuni che non sono senza relazione coi nostri studi. In Milano vi è maggior movimento letterario che in qualsiasi città d'Italia, tant'è che ben 4000 persone campan la vita coi frutti del loro ingegno, come vivano poi ve lo dicano i molti figli della bohème, che discutono ogni giorno, seriamente se debbano sopprimere la colazione o il pranzo, e che vanno torturandosi il cervello per satollarsi con esempi di abnegazione e di sobrietà, non potendo nutrire il loro corpaccio con qualcosa di più concreto e di più sostanzioso. Vita poetica è quella della bohème!

Ma come potrebbe avvenire altrimenti in una città nella quale vi sono 286 mentecatti, 314 imbecilli, 453 ciechi, migliaia e migliaia d'affaristi, che non leggono altro che il loro libro mastro e 45,613 individui che non sanno leggere nè scrivere? Inoltre i 5799 individui che hanno dichiarato nella scheda di censimento di saper soltanto leggere è certo che altro non leggono tranne il lunario e la cabala del lotto e questi per vero dire aumenteranno di ben poco il commercio librario, il che può dirsi ancora di moltissimi indefessi lettori di opere prese a prestito dagli amici e dai conoscenti.

Ma la feccia?... È difficile l'affermare il numero preciso delle persone che la compongono. Dalle statistiche ufficiali questo non si può rilevare

Nei più bassi gradi della classe operaia riscontrasi qualche tipo individuale che potrebbe essere preso per il trait d'union fra il popolo e la plebe. Il barabba, che è l'operaio corrotto, litigioso e beone, o come altrimenti il direbbero i toscani, sbarazzino, può facilmente trasformarsi in lôcch; quindi la somma di questi è un po' incerta. Alcuni la pretendono ingente, altri la riducano entro limiti più ristretti, ma tanto i primi che questi partono da criteri particolari, e perciò il loro giudizio s'allontana dal vero. Il lôcch di solito, nasce in un Brefotrofio, passa l'adolescenza nel Riformatorio, si sviluppa e vive nel carcere e muore all'ospitale. Tra l'uno e l'altro stadio di vita passa i giorni nel postribolo, nella taverna o sulla piazza.

DOPO DIECI ANNI.

Siamo nel 1881 e un nuovo censimento fu fatto in Milano, come in tutta Italia.

La statistica, questa scrupolosa analizzatrice delle cifre, dopo sei mesi dal giorno del censimento, non si perita ancora di dare il suo responso e quasi per grazia vi permette sapere che entro le mura di Milano esiste una popolazione di fatto di 214,004 persone (e chi sa davvero quanti individui, non sono se non persone o maschere nel significato latino del vocabolo) e che di queste persone sono 107,075 i componenti la turba del sesso detto per ironia forte, mentre 106,929 sono le persone appartenenti al sesso così detto gentile.

Tra quest'ultime, nove su dieci sono proprio maschere per indole, per costume, per educazione. E la statistica vi farà notare in Milano un aumento normale di 4000 individui all'anno.

La popolazione di Milano che nel 1871 abitava in 4622 case, nel 1881 aumentata e statisticamente riveduta s'annida in 4689 case, e si distingue in 56,934 famiglie occupanti 56,29 quartieri o appartamenti

Contansi poi 1943 individui che hanno dimora abituale negli alberghi e nelle locande e al 31 dicembre dei 1881 ve n'erano 852 che si trovavano in alberghi e locande ma solamente con dimora occasionale.

Se poi a qualcuno pigliasse vaghezza di sapere quanti locali o vani trovansi nell'interno di Milano, risponderemo con una statistica particolare cortesemente mostrataci dall'assessore Cambiasi essere quelli 252,440 e di essi, al 31 marzo 1882 erano vani realmente, perchè vuoti, ben 3459.

Notiamo per incidenza che in quest'ultima cifra non sono compresi i locali di fresco fabbricati e non ancora dichiarati abitabili.

In un decennio adunque la popolazione di Milano ha aumentato di 14995 persone, segno evidente che non è una città che se la dorma della grossa, come i malevoli tenterebbero far credere.

Milano vive vita febbrilmente operosa di giorno, nè cessa di agitarsi la notte.

Il sesso forte non s'accrebbe che di 6285 individui, mentre la volubilità e la grazia hanno trovate ben 8710 nuove sacerdotesse.

Intanto i 116,909 celibi converrà ritenerli 116,909, finchè la statistica si compiacerà di dirci l'ultimo oracolo del censimento, speriamo che lo pronunci presto e soprattutto che, per l'onore della riputazione morale di Milano, ci porga questa cifra considerevolmente diminuita.

Si argomenta già a quest'ora che il numero delle persone senza professione, grazie a certe distinzioni che sì vogliono fatte dalla Giunta centrale di Statistica, sarà di gran lunga minore di quello che non sia stato nel 1871. Non potendo sapere di quanto dal penultimo censimento in poi sia decresciuto il numero dei ciechi, degli analfabeti (i ciechi dell'intelligenza), dei mentecatti e degl'imbecilli, non osiamo dire se migliorata siasi la condizione delle quattromila persone che campano delle lettere, o per dirla con una frase molto nota e molto vera, col far gemere i torchii.

La feccia plebea di Milano di quanti individui adunque si compone?

Non ci si accusi di soverchia pedanteria, se ancora non crediamo di poter mettere fuori una cifra in proposito.

La feccia sia poi di Milano o di Parigi o di qualsiasi altra grande città, offre difficoltà grandissime allo statista che voglia distinguerla dal resto della popolazione, numerarla, classificarla. E perchè non crediate che questo sia un espediente qualunque per trarmi d'impaccio, citerò a mia giustificazione il Frégier, che fu già capoufficio alla Prefettura della Senna ed egli vi dirà:

«L'Amministrazione ha tentato più d'una volta di conoscere la forza effettiva della classe oziosa, errante e depravata, di questa parte della popolazione che, a Parigi come nelle altre grandi città, forma il focolare di ciò che v'è di più abbietto, di più corrotto e di più pericoloso per la società. I suoi sforzi sono sempre stati infruttuosi, chè essa non ha giammai potuto designare precisamente gli elementi di questa classe mobile e misteriosa; essa ha voluto dividere questi elementi in categorie, per conseguire lo scopo che si proponeva; ma non ha tardato ad accorgersi che le più di queste categorie, distinte in apparenza, erano di fatto assolutamente nulle.»

Dal 1810, anno in cui il Frégier ha pubblicata l'opera sua sulle classi pericolose, tale condizione di cose non ha punto mutato.

E sì che soffiarono sopra questo mondaccio più di quarant'anni! Ciò è davvero sconfortante.

INTEMPERANZA.

Abbiamo veduto come si semini la popolazione pericolosa, vediamo ora come la s'inafffi, perchè possa produrre i frutti del male.

La statistica ci corra in aiuto.

È proprio vero che la sete viene bevendo.

Veggansi i dati seguenti e si facciano gli opportuni confronti. Da essi rilevasi il numero degli esercizi pubblici esistenti in Milano nel 1874 e nel 1881.

	1874	1881
Alberghi	45	53

Osterie 255   261

Trattorie   485   593

Bettole e cantine   437   570

Caffè 352   320

Liquoristi   497   475

Birrarie   32   39

------- ------

Numero totale degli esercizii 2103   2311

Da questi dati appare che dal 1874 al 1881 si apersero 208 nuovi esercizii, e cioè quasi 1 per ogni mille abitanti. Il numero totale degli esercizii ci dà proporzionalmente 1 circa per ogni 100 abitanti.

Sopra queste cifre porteci dalla statistica si potrebbero fare delle osservazioni curiose.

Il numero delle osterie, delle trattorie, delle bettole e delle cantine è andato aumentando ogni anno, il numero dei caffè è oscillante e inclina piuttosto a diminuire, finalmente quello dei liquoristi che nel 1875 scese al minimum di 428 risalì nel 1876 al numero dì 436, nel 1877 a quello di 440 sino a che nel 1881 raggiunse il numero di 475.

E si noti bene che in questi numeri non sono compresi i lattivendoli, i droghieri, i farmacisti che da qualche tempo si sono dati allo spaccio dei liquori.

Se ne ingolla, per Bacco, dell'alcool e del vino nella nostra Milano!

Su per giù dai buoni Milanesi e dai loro ospiti e visitatori si berrebbero 274,000 ettolitri di vino all'anno e forse un tre o quattromila ettolitri di alcool, il che non è poco.

Dai registri del dazio consumo si desumerebbe che in Milano nel 1876 e nel 1880 si daziarono le seguenti quantità di vino:

        1876   1880

Vino in fusti   Ett. 242,171   Ett. 235,410

Vino in bottiglie   Ett. 2,549   Ett. 2,621

Vino in mezze bottiglie   Ett. 81 Ett. 77

Mosto Ett. 5,776   Ett. 406

Uva ridotta poi in vino   Ett. 24,000   Ett. 36,000

------- -------

Totale Ett. 274,577   Ett. 274,514

Avvertiamo il lettore che non abbiamo voluto prendere come termine di confronto l'anno 1881, perchè durante quell'anno ebbe luogo in Milano l'Esposizione nazionale che ha fatto succedere un aumento eccezionalmente sproporzionato nel consumo di ogni genere di cibi e di bevande.

Ed ora ecco i dati del consumo dell'alcool:

        1876   1880

Alcool inferiore   Ett. 2,953   Ett.2,900

Alcool superiore   4,362 4,891

Alcool in bottiglie   229   311

Alcool in mezze bott   21   19

Alcool fabbr. in città 3,294 4,000

------- -------

Tot   Ett. 10,859   Ett. 12,121

Concediamo che di tutto quest'alcool due terzi sia impiegato nell'industrie e nella chimica, ma un buon terzo, si può quasi scommettere, che scende nel gorgozzule dei nostri concittadini e va a finire nel laboratorio dello stomaco.

Vi meravigliereste ora se vi dicessero, che il vizio dell'ubbriachezza in Milano cresce, cresce, cresce?

Ogni misero è re se il vin lo scalda, ha detto Pope nel suo Saggio sull'Uomo, epperò in mezzo all'aria repubblicana, che d'ogni intorno spira, il numero de' re (secondo Pope) andrebbe aumentando.

Nel suo libro Intemperanza e Miseria il Léfort distingue l'ubbriacatura dall'ubbriachezza, la prima errore, la seconda vizio; ma invano egli vorrebbe trovare delle attenuanti per l'errore, chè è per l'appunto questo che avvia alla colpevole abitudine.

È curioso che da Pitagora al Mantegazza tutti i pensatori hanno alzata la voce contro l'ubbriachezza, ma non per questo il brutto vizio è cessato o accenna almeno a diminuire.

Montaigne ha sentenziato che «le pire estat da l'homme c'est ou il perd la cognoissance et gouvernement de soy» eppure molti cercano nel vino e nei liquori l'oblio de' mali, nè tutti sono da condannarsi.

Statistiche recenti risguardanti l'ubbriachezza in Milano non abbiamo trovato, siamo costretti pertanto a ricorrere a dati vecchi, non per questo meno eloquenti. Nel 1868 (che è l'anno di cui abbiamo dati precisi) furono arrestati 476 ubbriachi fradici, tra i quali 392 maschi e 84 femmine. Pur troppo soli 406 individui erano plebei, gli altri 70 erano di condizione civile. Notiamo ad abbondanza che 194 erano in età da 18 a 30 anni e 282 dai 30 ai 50 anni.

Nè questi furono i solo ubbriachi caduti nelle mani dell'autorità in quell'anno, poichè 148 che erano solo cotticci vennero ricondotti alle loro case dai pubblici agenti, e tra essi vennero notati 106 maschi e 42 femmine.

Chi ci saprebbe dire il numero degli altri ubbriachi di Milano, dei quali non ha nè può avere notizia l'autorità di pubblica sicurezza?

In genere però il popolo italiano e la popolazione milanese in ispecie non sono di tanto dediti all'ubbriachezza da meritare di essere collocati dal Léfort nella sua Geografia e Statistica dell'intemperanza.

Consoliamoci almeno di questo che in Europa ci sono dei popoli, che vantansi più civili e che sono più ubbriaconi di noi.

Buon pro lor faccia.

IL PRIMO PASSO DELLA VITA.

Come si può crescere buoni e affezionati alla Società, se vostro padre, se la vostra madre stessa vi rifiuta e vi abbandona non appena avete schiuso gli occhi al dolore?

Eccovi soli, con un cognome convenzionale, non corrispondente a quello di nessuna persona che v'ami, e che vi fu dato capricciosamente da un impiegato, il quale non si è preoccupato d'altro se non di questo che il vostro cognome incominci per la stessa lettera del nome che da una suora vi è stato imposto al fonte, ove foste fatti cattolici non uomini.

Imperocchè la Società, la Società civile, la Società progredita e progressiva, la Società magnanima vi stampa in fronte il qualificativo di bastardo, che vi fa vivere spregiati e tuttavia poco curanti di questo ingiusto disprezzo, ma inquieti tra il desiderio e la tema di conoscere gli autori dei vostri giorni.

Potrebbero infatti essere ricchi o poveri, onesti o vituperevoli, potrebbero essere una benedizione o una maledizione per voi,

Ma che monta? Non pochi di coloro che creano siffatti sventurati compongono la cosi detta buona società e se conoscono gli allevatori dei loro bambini si recano da essi con istrani infingimenti per portar ai figli abbandonati qualche dolciume: ma la loro riputazione non dev'essere offuscata, ma la loro tranquillità domestica non dev'essere turbata... guai se il padre, la madre, lo zio, la zia risapessero questo errore, sarebbero capaci di diseredare chi l'ha commesso, e allora!

Epperò voi, poveri bambini, soffrite, crescete incolpevolmente spregiati e quando la negligenza sociale e la snaturatezza dei vostri genitori vi hanno indirizzati e quasi dannati al male, allora soltanto la società vi teme, lo statista vi scerne fra la turba multiforme dei delinquenti e nota: «Pur troppo anche in questo anno dei condannati per delitti comuni il maggiore contingente è fornito dai trovatelli. È questa una piaga alla quale conviene che la società ponga un rimedio provvidenziale ed efficace.» Ma intanto chi soffre soffre e lo statista volta la pagina per fare altri calcoli.

La sua voce est tamquam vox clamantis in deserto.

Qualche volta il gettatello si vendica dei suoi snaturati genitori a misura di carbone.

Allorchè dopo aver composte le cose loro secondo le ipocrite norme delle convenienze sociali, il padre o la madre, ricordandosi di aver fatto consegnare il proprio figlio al Brefotrofio ne fanno ricerca, il figlio al vedere i proprii genitori, vinto dalla gratitudine per chi l'ha allevato, rifiuta e il nuovo nome e la nuova condizione che gli viene offerta, protestando che giacchè è rimasto per anni molti senza che da' suoi sia stato riconosciuto, oggi si crede in diritto di non voler egli riconoscere i suoi.

Atroce eppure nobile vendetta che priva il padre e la madre dell'affetto de' proprii figliuoli.

Ma non è qui il luogo di far degli sfoghi siano pure ragionevoli contro una Società generalmente corrotta e senza cuore.

Ripigliamo in quella vece la nostra archeologia statistica, la quale ci può insegnare ancora oggi qualche cosa.

Nel giorno del censimento del 1871 i bambini illegittimi nati vivi furono 1105, dei quali 224 videro la luce nel Brefotrofio provinciale, istituto che nel solo 1874 accolse 2375 infanti. Questa numerosa famiglia darà più tardi i 350 giovanetti da ricoverarsi nel Riformatorio di Parabiago, i 150 adulti da rifugiare nell'ospizio del Patronato, e la maggior parte di coloro che popoleranno le 762 segrete del carcere cellulare.

Sono dati vecchi, ai quali gioverà contrapporre i recentissimi pubblicati al pari di quelli dal dottor Romolo Griffini, direttore del Brefotrofio di Milano. «Nell'anno 1881, scrive il Griffini in una sua accurata relazione, si raccolsero nel Brefotrofio 1408 infanti di primo ingresso, contro 1389 entrati nel 1880.

Ne risultò pel 1881 un aumento di 19 infanti.

Quanto al sesso, i nuovi entrati si distinguono in 728 maschi e 680 femmine. Prevale, come generalmente suole, il sesso forte, e quest'anno in ambe le categorie dei legittimi, e degli illegittimi, poichè sopra 354 legittimi si hanno 185 maschi e 169 femmine, e sopra 1051 illegittimi, 543 maschi e 511 femmine.»

E volete sapere quanti erano nel 1881 i disgraziati componenti la famiglia a cui l'Ospizio provinciale di Milano ha dovuto provvedere? 8439.

Quanti dolori! C'è da inorridire.

E siamo sull'aumentare.

Come si provveda poi a questi infelici è bello tacere. Nessuno ne ha colpa, poichè la istituzione del Brefotrofio è organizzata, retta da norme non facilmente mutabili e da consuetudini che tengono veci di leggi.

E poi la burocrazia non è la Provvidenza.

Gli esposti vengono quasi tutti affidati ad allevatori abitanti in campagna. Si conta un po' sulla moralità e sul buon cuore dei campagnuoli.

E anche per vero dire molti di questi hanno meno pregiudizii dei cittadini.

Nel bambino quelli non vedono il bastardo, vedono il disgraziato e se lo tengono caro. È una specie di buon augurio per la famiglia che lo ricetta e lo nutre.

Il compenso che paga l'Ospizio non è sempre allettamento sufficiente per indurre una famiglia ad assumersi la cura di allevare un figliuolo che sul fiore dell'età può essere richiesto e portato via da chi l'ha messo al mondo.

Vi sono pure dei bambini che per la loro bellezza attraggono gli allevatori, ma ve ne sono di quelli che sono male aggraziati, o brutti, o infermicci, o colle membra contorte e rattrappite e, poveretti, non sono voluti da nessuno.

Fino a pochi anni or sono per una vecchia consuetudine si provvedeva al loro collocamento in questo deplorevole modo.

Quando la Direzione dell'Ospizio da sicure informazioni era fatta certa che in un determinato circondario di campagna v'erano parecchie famiglie, che avrebbero assunto l'allevamento di alcuni trovatelli ne caricava qualche dozzina sopra un carretto e li inviava al comune indicato.

All'arrivo dell'infelice convoglio si dava nella nota campana esattoriale; i terrieri convenivano sulla piazza e incominciava la scelta dei bambini. Tolti i più belli o i meno brutti restavano coloro, ai quali insieme colle altre sventure toccava pure l'umiliazione d'essere rifiutati.

Chi ha appena un po' di cuore pensi quali sentimenti in quel punto dovevano germinare negli animi di quei disgraziati fanciulli.

Allora l'agente dell'Ospizio, che voleva ritornarsene col carro vuoto, andava sollecitando or l'uno or l'altro dei contadini presenti a prendersi o questo o quel bambino quantunque storpio o deforme, chè l'Ospizio provvedeva per essi al pagamento di una ragguardevole ricompensa all'allevatore. E così a stento e a fatica tutti i bambini venivano accolti nelle case dei contadini e quindi dopo un secondo rifiuto s'affacciavano alla vita di famiglia paurosi, sapendo di esservi appena appena tollerati.

Altro che notare nelle statistiche penali che il numero maggiore dei delinquenti è fornito dagli Esposti! Non è loro colpa se questi bambini crescono male. L'illustre prof. dott. Edoardo Porro nel suo lavoro che risguarda il biennio 1869-70 alla maternità di Milano, a pagina 266, parla della sorte che attende gl'infelici che hanno culla nell'Ospizio, «i quali sovente hanno per sopraggiunta la sventura di perdere nascendo la propria madre. La quale nell'istante di dare alla luce il suo bambino è tormentata da gravi dolori non solo fisici, ma anche morali; pensando, come dice il Porro, che la sua creatura troverassi isolata e reietta dalla società, dannata ad un Brefotrofio e ad un allevamento poco dissimile da quello dei bruti. Chi ha pratica delle maternità, ed in ispecie di quella di Milano, non troverà esagerate queste parole.»

Oggi le condizioni dei ricoverati da ques'Istituto debbono essere un cotal poco mutate, grazie alla benefica influenza delle persone che ora lo dirigono.

Un forte sentimento di pietà si ridesta in ogni animo bennato alla vista di un povero gettatello. E il Giusti, descrivendo scherzosamente un suo viaggio a Montecatini, osservando uno di questi sventurati bambini, sente dentro il suo cuore vibrare a un tratto la corda del dolore e però esce in un volo lirico, degno d'essere riletto.

Accanto a me dal lato delle brenne,
Una povera donna montanina,
Lieta recava al petto un trovatello.
Preso là nel buglione, ove s'insacca
Dal matrimonio e dallo stupro a gara
O legittima o no l'umana carne.
Oh benedetta, miseri innocenti,
La pubblica pietà che vi ricovra
Nudi, piangenti, abbandonati! A voi
Il casto grembo della cara madre.
E del tetto paterno il santo asilo,
Che dà l'essere intero, e dolcemente
L'animo leva a dignità di vita,
Error, vergogna delitto e miseria
Chiuse per sempre! Crescerete soli,
Soli all'affetto e mal securi in terra;
Al disonor di genitori ignoti,
Come la pianta che non ha radice,
Maledicendo.......

Poveretti, quant'era meglio per essi il non nascere!

<h2 style="text-align:center">I LÔCCH NEL 1874.</h2>

Ecco i pensieri che ci frullavano nella mente nel 1874 studiando quella parte della popolazione di Milano negletta e pericolosa che con vocabolo gergale viene chiamata dei lôcch.

Son pochi i caffè, le osterie e le bettole, tra i 2000 esercizii pubblici, di cui è disseminata Milano, in cui il plebeo non si periti di presentarsi, anzi quand'egli entra in un caffè di lusso in compagnia di qualche femmina da trivio, incede risoluto e con aria di sfida, e tutto si ringalluzzisce se giunge ad attrarre dai frequentatori gli sguardi, benevoli o malevoli, a lui poco importa. Ma la bettola è il regno, del lôcch; quivi ascolta i poco melodiosi, ma svariatissimi concenti dei 200 suonatori d'organetto, di chitarra, di mandolino e perfino del santo strumento dei profeti, per dirla coll'Aleardi; quivi egli mangia, beve, giuoca, predica, grida, schiamazza, quivi ritrova la sua famiglia la sua società, la sua patria. Egli frequenta pure due caffè-danzanti (1), posti uno, in ciascuno dei due quartieri dove la marmaglia s'annida, a questi pseudo caffè si può ben applicare il nome di anticamera del carcere, e guardinna come dai lôcch istessi vengono chiamati, perchè ivi i formigh de la giusta o guardie di questura, attendono tranquillamente che vengano a far di sè spontanea dedizione i colpiti di cattura, aspettazione che di rado rimane delusa per le ragioni che diremo in appresso.

Ma dall'allegra danza della bettola, o dalle conversazioni chiassose del postribolo si rifugia il miserabile in qualcuna delle locande le più meschine, ove trova un pagliariccio per passare il resto della notte. Anche qui la questura si reca a far visita, e con lodevolissima sollecitudine nota i nomi di quanti ricevono alloggio ogni sera dai 96 locandieri muniti di regolare licenza.

Un alleato potente del lôcch è il pignoratario. Contansi in Milano 47 pignoratarii (non dimentichi il lettore che ci riferiamo al 1874) e prestano denaro contro un pegno superiore di due terzi alla somma richiesta, e l'interesse che si paga pel danaro, così preso a prestito, ha un limite minimo del trenta per cento. Tra i pignoritarii son parecchi cocch o manutengoli che comperano la roba rubata per un tenuissimo e quasi vorremmo dire ridicolo prezzo. Daremo più tardi qualche tratto caratteristico di siffatta genia.

Malgrado che i lôcch campino la vita con mezzi illeciti, tuttavia non ve n'è uno che non sappia all'uopo provare di avere un'occupazione che gli provvegga la sussistenza. Dopochè improvvidamente la legge di pubblica sicurezza riconobbe la libertà di commercio o per parlare seriamente, concesse a chicchessia di fare il merciaiuolo girovago (diritto che prima era consentito solo ai vecchi ed agli impotenti al lavoro) le vie sono ingombre di venditori di fiammiferi, di minuterie, di fotografie di opuscoli, di bosinate, e tutti costoro pretendono di far credere che essi ritraggano i mezzi dì sussistenza dal loro microscopico commercio.

Ma questi mestieri facili ad apprendersi e ad esercitarsi hanno scossi ancor più i vincoli troppo già allentati della famiglia plebea.

Questa non ha più alcun vigore morale; e ad ogni piè sospinto i figli disertano la casa per discendere nella piazza che s'eleggono ad albergo, a scuola, a bottega.

Nel solo anno 1869 (oltre il quale termine non giungono le statistiche private del signor Candiani) vennero denunciati dai parenti 203 figliuoli fuggiti dalle rispettive case, e tra essi s'annoverano 172 maschi e 31 femmine, ma ciò che è ancor più doloroso a notarsi è che nello stesso anno vennero dall'autorità di pubblica sicurezza arrestati come fuggitivi dal tetto paterno 878 figliuoli, dei quali 684 maschi e 184 femmine. Questi tutti furono ammoniti per oziosità e vagabondaggio, vennero per qualche tempo sostenuti in arresto e nondimeno nè i loro genitori, nè alcun'altra persona si presentò a fare di essi ricerca. Eppure se 416 tra quelli erano in età dai 12 ai 16 anni, ve n'erano pure 463, l'età dei quali stava ancora fra gli 8 ed i 12 anni.

Non dimentichiamo poi che Milano ha una popolazione fluttuante di circa 28,000 individui non pochi dei quali concorrono ad aumentare la folla della plebe, o per parlare più correttamente dei lôcch. Insomma crediamo di non esser molto lontani dal vero, affermando che questa turba si compone di più che diecimila persone. E accanto a questa cifra, altre non meno dolorose e vergognose dobbiamo segnare, cioè 590 prostitute (sempre secondo la statistica del 1871), raccolte in ben 30 case di tolleranze, e forse altre 1500 femmine che esercitano clandestinamente il loro turpe commercio. Il numero delle prostitute non è registrato negli atti del censimento del 1871 e non sappiamo, per qual ragione il Comitato ha creduto opportuno di ommetterlo.

IL MONDO DEI LÔCCH AL GIORNO D'OGGI

Il regno del lôcch oggi s'è ampliato, che il numero delle bettole è andato e va continuamente crescendo.

Ma il Padiglione Merati in Porta Garibaldi e il Padiglione Luciani nei pressi di San Vittore non esistono più. Non si creda per questo questo che il lôcch nella stagione d'inverno non trovi modo di dar sfogo alla sua smania di ballare.

Il lôcch balla, balla furiosamente... nelle così dette scuole di ballo, nella sala (chiamiamola così) che venne aperta sul corso di Porta Genova e in quelle aperte fuori di Porta Venezia, nelle osterie e finalmente nei baccalitt o spacci di vino e di liquori.

Dapprima si sapeva dove i lôcch si recavano a ballare, e la Questura aveva contro i pregiudicati buon giuoco; oggi non se ne sa più nulla, perchè si balla dappertutto e il rintracciare i più pericolosi riesce cosa molto difficile.

Le locande non sono punto migliorate da quello ch'erano e per rispetto alla igiene e per rispetto alla morale, epperò ce ne dovremo intrattenere a lungo pel decoro e pel vantaggio di Milano.

Oltre il Monte di Pietà, che è pel lôcch quello che può essere la Banca Nazionale per un uomo d'affari, egli ha altrettanti banchieri nei quaranta pignoratarii che esercitano, più o meno onestamente l'usura, muniti della loro brava licenza.

Vi sono eziandio in Milano centodieci rigattieri, i quali comperano roba usata e qualche volta la fanno da pignoratarii.

Dal pignoratario al manutengolo c'è di mezzo la barriera dell'onestà, che bene spesso la cupidigia di lucro può indurre a saltare.

I ladri e i frodatori hanno i loro patroni naturali nei manutengoli, che sfuggono troppe volte alle ricerche dell'Autorità di Pubblica Sicurezza.

Il Carcere cellulare e l'isola (il domicilio coatto massime all'isola d'Ischia) hanno fatto sloggiare da Milano molti di quei furfanti, i quali avevano contratte delle curiose abitudini d'indifferenza nel passare dalla vita del delitto alla vita dell'espiazione nelle carceri a sistema di famiglia.

Ma se gli individui che compongono la feccia di Milano hanno mutata parvenza, coloro che vennero a sostituirli non sono di natura diversi dagli altri e battono la stessa via, se non con più audacia, certo con maggiore astuzia.

Nè la morale in Milano ha guadagnato gran fatto dal 1874 in poi.

E invero, quantunque in un eccesso di zelo, l'Autorità di Pubblica Sicurezza abbia fatto chiudere parecchie case di prostituzione (rimedio inefficace contro l'immoralità ognora crescente), tuttavia Milano contava sul finire del 1881 ben 28 case di tolleranza, delle quali 5 di prima, 11 di seconda, 6 di terza classe, oltre a 6 case particolari.

Le prostitute iscritte regolarmente nel 1881 erano 430, delle quali 45 facevano di sè mercato in case di prima, 105 in case di seconda, 80 in case di terza classe.

A fare il numero di 430 contavansi ancora le prostitute isolate e tra queste 34 di prima, 18 di seconda, 98 di terza classe e finalmente 50 prostitute vaganti, tutte appartenenti queste alla terza classe.

A tali cifre favoriteci dall'egregio amico nostro dott. Gaetano Pini, aggiungeremo queste notizie recentissime, e cioè che oltre le 22 case pubbliche di tolleranza ve ne sono 12 private. Le prostitute iscritte al 20 giugno 1882 erano 614; quelle che si presentano alla visita sono in media circa 400, delle quali 80 esercitano la prostituzione clandestinamente. Il Sifilicomio ne ricetta attualmente 52 e ne ha 29 in esperimento.

Confessiamo che quest'ultima espressione, pórtaci da una relazione ufficiale, ci sembra molto curiosa, se non molto chiara.

Da questi dati non si potrebbe argomentare della moralità di Milano. Conviene sapere per farsi un'idea precisa della condizione di Milano, che forse duemila femmine fanno copia di sè per denaro, in barba a tutti i regolamenti della Pubblica Sicurezza.

Urge che venga rialzato il livello morale della città nostra, perchè si corre verso la depravazione in modo ignominioso.

Nei postriboli non s'infognano solamente i lôcch, ma benanco moltissimi giovani di oneste famiglie, i quali incominciano in questi turpi luoghi a mettere il piede sullo sdrucciolo del vizio, per finire poi a precipitare nel baratro del delitto.

Col nome di locanda si designa dai Milanesi un luogo dove la feccia riparasi a dormire durante la notte. Nel quartiere di Porta Garibaldi e in quello di Porta Ticinese vi sono le locande peggiori. Non può credere quanto siano squallide chi non le abbia vedute; in loro confronto sbiadiscono le descrizioni delle locande inglesi, porteci dal Simonin.

Rechiamoci a visitarne qualcuna famosa nella cronaca plebea, ma ricordiamoci di andarvi accompagnato da qualche esperto brigadiere di pubblica sicurezza e colla scorta di un paio di guardie, affinchè non c'incolga danno per la nostra soverchia curiosità. Si dice che queste locande fossero più tristi prima del 1859. Noi per vero dire non neghiamo fede a tale asserzione, tuttavia possiamo affermare che sono pessime tuttora. Eppure c'è una Commissione sanitaria presso il nostro Municipio, la quale potrebbe cooperare coll'autorità di pubblica sicurezza affine di migliorarle; e il compito non sarebbe forse nè infruttuoso, nè scevro di soddisfazioni per chi vi s'accingesse.

È notte fitta. Da un paio d'ore la folla che ingombrava il corso di Porta Garibaldi s'è a poco a poco dileguata; non vanno in volta che gli agenti dell'ordine e gli uomini del disordine. Dei miserabili quelli senza danari hanno preso alloggio all'albergo del Cappell Verd, cioè sotto gli alberi piantati lungo quella parte dell'Arena che guarda verso oriente; oppure stanno in Piazza d'Armi a combinare qualche mala opera; quelli poi che sono stanchi, ma che hanno quattrini in tasca si sono ricoverati nelle locande. Entriamo per questa angusta porticina. Non giova che qui ripetiamo il numero che la segna, perchè vogliamo narrare e descrivere, non già accusare o denunciare alcuno. Per l'androne lungo, stretto, basso, fangoso e grave olente, eccoci giunti a un piccolo e uggioso cortiletto. Sembra un fondo di torre. Anzi guardando all'insù, ci pare d'esser chiusi nel telescopio di Ross, con questa differenza che, invece di vedere un'immensa plaga, non iscorgiamo che alcune poche stelle, ed un pezzetto di cielo, donde, quando si ricorda, il padre eterno fa capolino e guarda giù per compiacersi della sua creazione. Sopra un usciaccio mezzo scardinato e roso dal tarlo, benemerito della patria indipendenza, per avere nel 1848 dall'alto d'una barricata in un fiero combattimento difeso i Milanesi contro gli Austriaci, sta una vecchia ed affumicata lanterna a riverbero, colla fronte ricoperta di carta untuosa, su cui sta scritto Alogio pei forastieri. Nessun Russo, Tedesco o Francese pose mai il piede là dentro, tuttavia dal padrone di quella locanda, tutti gli avventori, che per lo più sono di Milano o dei dintorni, vengono qualificati per forastieri. Entriamo. Siamo in una legnaia. Una catasta di legna grossa a destra, un mucchio di fascine umide a sinistra, divise da un sentieruzzo; ce n'è più che non bisogni per dar l'idea ad un galantuomo del come dovesse stare il povero campione di frate Gerolamo Savonarola, nel momento che a tutto proprio rischio e per mero capriccio di quello, si proponeva di subire la prova del fuoco. Allo sbocco del sentiero v'è un piccolo spazio dove trovasi una tavola che si regge appoggiata al muro, perchè una delle sue gambe è fasciata, ed il coperchio ha un colore indefinito che è il risultato della polvere e dell'untume che da anni vi si va sopra accumulando.

Al fianco della tavola sta una seggiola impagliata o dirò meglio che va spagliandosi; sovr'essa sta seduta la divinità del luogo una donnona corpulenta e grassa, con una faccia che sembra una meggiona, perdonatemi la similitudine un po' sporca, ma la prendo di peso dal Giusti, quantunque la non abbia di Veneranda nè la pulitezza, nè il placido sorriso. Anzi è arcigna e ad ogni muoversi dei saliscendi ficca in fondo al sentieruzzo che mette alla porta i suoi due occhi grigi, aguzza le ciglia, sporge in fuori, stringendole, le tumide labbra, quasi che il riconoscere la bontà dell'ospite che arriva sia per lei questione di palato. Un bicchierino di vetro sta sulla tavola, e dalla molta acqua e dal pochissimo olio verdastro sporge il capo un modesto e sventurato lucignolo che scoppietta quasi domandi l'aiuto di qualcuno che lo tragga da quel sozzo bagno, in cui sentesi affogare.

Non manda luce, potrebbe dirsi piuttosto che misura le tenebre e ne stabilisce i diversi gradi, giacchè a qualche spanna dal bicchierino il buio è perfetto. A chi entra, quel lumicino visto in fondo alla stanzaccia sembra un faro nel momento, in cui lontan lontano viene scorto sull'orizzonte dal navigante, mentre questi pende incerto circa il punto verso il quale deve rivolgere la prora del suo legno. Eppure quel lumicino rende parecchi servigi, dà risalto alle rughe della vecchia, rischiara un Sant'Antonio coll'inseparabile compagno impastato sulla negra parete, e infine impedisce a noi di vedere la soffitta della legnaia risparmiando così al cortese lettore la noia di leggerne la descrizione, cui altrimenti gli porgeremmo. La padrona ci mostra il registro dove stanno i nomi dei suoi ospiti. Il brigadiere, che ci è compagno, prende lo scartafaccio, lo scorre coll'occhio, in certi punti arriccia il naso, in certi altri corruga la fronte, in altri infine alza ed abbassa la testa con moto uniforme e sorride con compiacenza, come chi dicesse: Pur t'ho colto finalmente.

- Abbiamo ordine di visitare la locanda - dice il brigadiere.

A questo frequente desiderio dell'autorità, la locandiera risponde affermativamente con un cenno del capo, si reca dondolando a chiuder l'uscio che dà sul cortiletto, va in un angolo della stamberga, verso una mensola di legno, impugna una bottiglia di birra vuota, ma dal collo della quale esce un moccolo di sego, l'accende con cautela, poi si mette alla testa della schiera dei visitatori. Su, su, su per una scaletta di legno ripidissima; il buio e la fretta con cui si sale non lasciano sentir altro che gli effetti degli scalini contro gli stinchi delle nostre povere gambe, però ci dispensiamo dal descriverla di che il lettore ci saprà grado.

Eccoci sopra un pianerottolo. La locandiera schiude un uscio, avanza il braccio armato del lume e attraverso al riscontro veggonsi dei lettucci disposti con un certo ordine, nulla scorgesi che meriti d'essere notato.

- Questi pagano venti centesimi per notte - dice la padrona e richiude.

A un secondo piano vediamo la stessa cosa, e ad un terzo altrettanto: finalmente eccoci al piede di una scala a piuoli. Arrampichiamoci sopra quest'ordigno più atto a far rompere il collo, che ad agevolare la salita a chicchessia. Ogni gradino scricchiola, e tale scricchiolio potrebbe essere paragonato ad un gemito, che ci avverte che il tarlo ha scavato la sua dimora in quei piuoli, i quali minacciano di cedere sotto la pressione che sovr'essi facciamo coi nostri corpi. Su, su, su, finalmente eccoci in cima. La locandiera schiude la porta..... Cielo, che puzzo orribile! Siamo in un abbaino, angusto, basso, il soffitto del quale declina da due parti secondo i due pioventi del tetto. Non vi è alcuna finestra. Luce e aria quest'abbaino dovrebbe ricevere dall'uscio, ma di notte rimane chiuso a chiave che vien serrata per di fuori. Coraggio, ed osserviamo. Dei paglioricci (prendi, o lettore, questa parola nello stretto senso etimologico) stanno l'uno accanto all'altro, e sovra ognun d'essi giacciono due individui a capo e piedi. Non tutti dormono.

Al nostro apparire v'è chi dorme davvero, chi invece finge di dormire. I fisionomisti potrebbero quivi far studi di non lieve importanza; gli entomologi vi troverebbero di che provvedere un museo; giacchè la famiglia degli apteri è qui largamente rappresentata. Ci prese ribrezzo in veder accucciati in quella guisa uomini sui volti dei quali avevano impressi solchi indelebili, vizii, passioni, sventure; uomini che passano su questa terra senza aspirazioni, senza scopo; incapaci talora di acquistarsi persino la triste riputazione del male.

- Se non ci fossimo noi - mi diceva un giorno uno di questi infelici - quanta gente rimarrebbe disoccupata! Giudici inquirenti, procuratori del re, avvocati criminalisti, agenti di pubblica sicurezza, carcerieri...

È questo un sofisma degno d'un cinico matricolato, eppure per molti di questi poveracci e la scusa della grama vita che essi conducono, o per meglio dire è la ragione d'essere, il perchè della loro esistenza. Se non vi fossero i topi, a che servirebbero i gatti?

In quest'angusta cella contai quindici ospiti. Gli abiti loro spenzolavano da chiodi infissi nelle sgretolate pareti, notai certe bluse forse un tempo vestite da onesti operai, che l'ubbriachezza e l'ozio ridussero a mal partito. I lôcch indossano spesso di queste bluse corte di rigatino bianco e azzurro, nella speranza di essere dagli agenti di pubblica sicurezza scambiati per operai. - Questa locanda non è delle peggiori - mi susurra all'orecchio la mia cortese guida. Uscii di là nauseato e col cuore stretto da profonda tristezza; scesi la scaletta, che in quel punto non mi sembrò tanto cattiva, e appena posto il piede sul pianerottolo, la locandiera ci domandò se volevamo salire su per un'altra scala, in tutto simile a questa, conducente ad un'altra soffitta che fa degno riscontro a quella testè visitata.

Saputo però che non vi avrei potuto trovare alcun che di maggior rilievo, mostrai desiderio di andarmene, e, fatte le opportune scuse alla locandiera pel disturbo arrecatole, questa ci accompagnò col lume fino alla porticina che mette sulla via, e

QUINDI USCIMMO A RIVEDER LE STELLE.

Nello stesso Corso di Porta Garibaldi, una diecina di case più in là da quella testè descritta, vidi un'altra locanda, che segna un notevole crescendo nel lezzume e nella schifezza. Ne è proprietaria una certa vecchierella, la quale parve turbata dalla nostra visita, ma pure ci mostrò con ossequiosa premura ogni più riposto angolo del suo meschino covile.

Ma una casa d'alloggio tristissima e schifosissima mi fu dato di visitare in via Arena. Quivi è una casa di assai meschino aspetto, e che già dal di fuori rivela la miseria che accoglie nel suo interno. Non griglie difendono alcuni buchi, i quali nel concetto architettonico del costruttore vogliono dire finestre; muri sgretolati, che non furono mai imbiancati e chiazzati di macchie segnatevi dall'umidità, tale presentasi la facciata di questa casa. Una portaccia nana permette di entrarvi, ma due tavole antichissime, su cui Mosè scrisse la mala copia del Decalogo pare che ne difendano, mentre per vero dire non fanno che ingombrare l'ingresso. Per un andito si giunge ad un cortile abbastanza vasto, a sinistra del quale una scaletta di pietra conduce ad un corridoio. Apresi un usciale mediante un saliscendi e si entra in una stanzaccia, non iscialbata chi sa da quant'anni, anzi le pareti sono gregge, nerastre ed umide; un'afa intollerabile vi si respira, perchè quella stanza non può ricevere aria che dalla porta d'ingresso, quando è aperta. Da una grossa trave, che sta nel mezzo della soffitta, pende una lucerna fatta con una lamina di ferro ricurvata all'intorno, riempiuta d'olio, con un lucignolo inzuppatovi, il quale spande in gran copia fumo e puzza insieme con una fioca e fosca luce che si rifrange nelle goccie d'umidità che scolano lungo le pareti e ben si potrebbero paragonare queste goccie a gemme che cadono ad incoronare il popolo sovrano che s'ammucchia in questa locanda.

Appena entrati, il lucignolo mandò una luce più viva che ci lasciò vedere dei corpi sdraiati qua e colà, ma il soffio dell'aria, che penetrò là dentro all'improvviso, spense quella povera fiammella, per cui restammo immersi nel buio.

Indarno si tentò di accendere dei fiammiferi soffregandoli contro l'umido muro, e intanto si sentiva il russare dei dormienti, il muoversi di coloro ch'erano desti, o che in quel punto si erano svegliati, il fruscio della paglia, e un ronzio confuso di animaletti che attivamente si movevano nel buio secondo la loro abitudine. Finalmente si potè accendere un fiammifero di cera, col quale potemmo veder chiaramente quanto ci stava dintorno. E già accosto al limitare dell'uscio un saccone ci sbarrava il passo, vi stavano distesi due miserabili, un facchino e un tagliaalegna; scavalcammo quell'ostacolo, ed uno dei miei compagni accese di nuovo il lumicino e potemmo così osservare con maggior nostro agio. In un angolo una vecchierella era distesa sopra un altro saccone. Essa poteva contare un settant'anni d'età. Facile era il dirla una mendicante; nessuna traccia le si scorgeva sul volto di quello che poteva essere stata un giorno; era il viso di lei crespo, gli occhi infossati, aveva le ossa zigomatiche sporgenti, il naso adunco il mento aguzzo e prominente, il colorito terreo, tutto insomma contribuiva a renderla orribile, mostruosa. Stava rannicchiata sotto i suoi abiti, che le servivano di coperta, ma che abiti! una gonnella di cotone una volta a righe bianche e cineree, ora tutta a strappi e rappezzata qua e là con cenci di altro colore; dormiva, emettendo certi rantoli ferini, che accennavano un sonno irrequieto, forse rotto da sogni paurosi, turbato da reminiscenze o da previsioni dolorose. Chi era? Lessi il nome di lei sul registro della locanda; era una bergamasca, sensale di nutrici (marosséra), non aveva nè casa, nè tetto; quei suoi cenci erano l'unico suo avere; quale vita avesse fin qui condotta, quale quella che le era riserbata tutto era oscuro intorno a lei; non s'era mai distinta nel male, forse aveva fatto anche un po' di bene a questo mondo, ma siccome di quello non si era accorta l'autorità, e di questo nessuno è incaricato di tener calcolo, così quella donna uscì dall'ignoto passato, viveva ignoto il presente, per rientrare nell'ignoto, come i miliardi d'atomi umani che sono dannati a pullulare e sparire sulla crosta di questo povero globo.

Eppure quella femminuccia sarà stata un giorno un'innocente bambina, avrà avuto un padre o almeno una madre che l'avranno amata; giovinetta simpatica, se non avvenente, avrà vagato sui colli verdeggianti del bergamasco, avrà destato qualche passione, qualche affetto, o forse per sua sventura qualche capriccio; poi caduta, reietta, disprezzata, calò alla città per nascondere la propria colpa e per trovare i mezzi di trascinare la sua miserabile esistenza; eppure anch'essa ne' suoi sogni di vergine avrà desiderato uno sposo, una casa, de' figliuoli, nei quali rivivere, avrà precorso l'avvenire colla facile immaginazione giovanile e l'avrà fantasticato assai diverso di quello ch'esser doveva per lei, avrà sognato una vita di tranquillità, di pace, d'amore una vecchiezza onorata, rispettata, nè avrebbe mai più pensato di dover passare le sue notti aggirandosi di locanda in locanda, sola nel mondo, cenciosa, esosa agli altri ed a sè stessa, tale infine da non destar altro sentimento che di compassione misto tuttavia a schifo e ribrezzo.

Vedi in questa stanzaccia quattro altri sacconi ravvicinati e su di essi cinque uomini, uno di questi affatto nudo; i suoi abiti penzolano dalla parete e consistono in una camicia e in un paio di calzoni. Dalla prima alla seconda stanza s'accede per un'apertura non munita di uscio; anche qui pareti sgretolate e umide; trave che divide in due campi il soffitto; correnti, correntini, una scala a piuoli, attaccata lungo la parete; dei cesti sulla soffitta un'accetta, una falce, dei cenci distesi sopra una corda, ecco l'aspetto della stanza. Una finestruola semi-aperta lascia penetrare un filo d'aria che alita sulla fronte di due donne di mezza età che dormono, sopra un lettuccio posto sotto la finestra; la padrona della locanda giace in un letto vicino alla parete, che divide la seconda dalla prima stanza; essa s'è rizzata a sedere sul letto, ha nelle mani un candelliere di legno contenente un moccolo di sego acceso, augura la buona notte alle mie guide, che tosto riconosce ed alle quali dice che nulla v'è di nuovo, cioè degno di essere notato.

Tuttavia diamo uno sguardo alle undici persone che là dentro dormono: sola cosa che merita d'essere osservata è una famiglia di saltimbanchi. Sopra una tavola giaciono un uomo e una donna, e al di sotto della tavola, stesi sopra un po' di paglia, un ragazzino ed una ragazzina. I due piccini sono vestiti di maglia incarnatina con nastri di lustrini; sono belli, dormono tranquilli, hanno un non so che di angelico che fa uno strano contrasto colla luridezza e col laidume circostanti. Notisi che l'uomo non è il marito di quella donna, che questa non è la madre dei due fanciulli, e che questi non sono fratelli e sorella, e che nessuno dei due, è figlio nè di quell'uomo nè di quella donna, a cui si sono associati.

Questi quattro esseri si trovarono nel mondo, s'accomunarono e però la loro famiglia è più che altro una società anonima, tendente ad impedire che uno di loro muoia digiuno. L'emissione delle azioni è a zero, non hanno spese d'amministrazione, riscuotono e spendono quotidianamente i loro dividendi ed esercitano ogni industria. Per loro tutti i generi sono buoni, eccetto quello che lascia un uomo morir di farne.

Torniamo nella prima stanza, ma prima di abbandonare questa locanda ficchiamo lo sguardo nella stamberga a mano destra. Anche qui buio e fetore. È un sottoscala e vi stanno tre uomini, due dormono sopra una coperta di lana ed uno sulla nuda terra. Accendiamo un fiammifero e vediamo che uno tiene appoggiata la testa sull'avambraccio, fa coll'altra mano visiera agli occhi e sogguarda. Viene interrogato e risponde essere un facchino che viene dalla Valtellina e va a Genova. Il vicino si desta anch'esso, viene interrogato, è un suonatore d'organetto; è di Magadino e va a Corno. Non si conoscono, nè conoscono il loro terzo camerata che è un fruttivendolo di Monluè.

Torniamo a scavalcare il saccone, eccoci nel cortile illuminato dal più bel chiarore di luna, che mai possa desiderare un poeta arcadico.

Ripassiamo l'andito, usciamo dallo sportello, eccoci in via Arena, tranquilla, silente, illuminata direi quasi gaiamente dalla luna. Respiro tre o quattro volte a pieni polmoni, mi pare di rivivere, la mia guida cortese mi domanda:

- Che le pare?

- Non lo avrei creduto, se quanto vidi me lo avesse narrato chiunque, fosse pure la persona più rispettabile del mondo. Che lezzo, che schifo, che sudiciume!

- Ebbene, pensi che queste locande erano assai peggiori negli anni andati.

- È impossibile imaginarsi di peggio. Anzi, ripensandoci, mi pare d'aver detto una ridicolaggine marchiana, quando manifestai l'idea di passare la notte in una di codeste locande, nel caso non avessi potuto trovare altro mezzo per poterla visitare.

- Creda che questa poveraglia sta di gran lunga meglio in prigione.

- Questo è appunto ciò che mi riserbo di vedere.

Hœc olim... otto anni or sono. Vediamo ora alcune delle locande più famose oggi esistenti.

Siccome tutto muta in questo maledetto mondo sublunare dovevano quindi mutare anche le locande di Milano.

Ed invero di qualche poco hanno mutato.

Le mie notizie sono recentissime. Eccone la data: 27 e 29 giugno 1882.

Nè le mie notizie potranno essere da alcuno smentite.

Quanto narro, io stesso ho potuto vedere, grazie alla cortesia delle autorità di pubblica sicurezza.

I 96 locandieri del 1874 hanno disseminato degli allievi ed oggi 153 sono gli affittaletti con licenza debitamente iscritti sui registri della questura.

La locanda mantiene abbondantemente molti insetti parassiti, pulci, cimici, pidocchi, blatte, e.... i locandieri.

Questi sono miserabili che trovano modo di vivere della miseria altrui.

Non descriverò locanda per locanda, perchè mi vincerebbe lo schifo; non citerò i nomi degli affittaletti e i numeri delle loro locande, perchè mi parrebbe di commettere una mala azione, le mie accuse saranno generiche, ma perchè vere, dovranno indurre l'autorità a prendere in proposito qualche provvedimento.

In questi giorni, o per parlare più esattamente in queste notti, ho rivisitate alcune locande da me già studiate nel 1874 e ne ho vedute parecchie di nuove.

I campi delle mie esplorazioni furono il Corso Garibaldi, la Via Anfiteatro, la Via Vetraschi, la Via Pioppette, la Via Fabbri, la Via Vittoria, la Via Scaldasole, la Via Arena.

Locande orribili! Scene nauseanti

In una locanda di Via Anfiteatro non abbiamo potuto penetrare pel contegno ostile del proprietario.

Ma da esatte informazioni da noi raccolte, possiamo dire che in quella notte, che noi volevamo visitare quella locanda, essa era piena di prostitute e di pregiudicati, pei quali il proprietario ha dei delicatissimi riguardi.

Il cancello che chiude l'imboccatura della scala, la quale conduce ai piani superiori dà una curiosa caratteristica di prigione a quella locanda. E il fetore delle latrine e del mondezzaio si fa sentire con tanta prepotenza anche da chi si ferma soltanto nel cortile, che si può dire essere questa locanda una succursale della ditta Colera-morbus e compagni.

Ed ora tiriamo di lungo.

Nelle locande ho dovuto notare un miglioramento. In nessuna di quelle da me or ora visitate si dorme o sulla paglia o sopra un saccone posto sul suolo.

I pagliericci sono tutti collocati sopra lettucci o sopra cavalletti, il che non era ancora nel 1874.

Si è quindi progredito ma piuttosto nella apparenza che nella realtà.

E per vero dire mancano di finestre moltissime stanze e in ciascuna d'esse vi sono troppi letti e vi dorme un numero soverchio di persone, cosicchè queste non hanno aria respirabile sufficiente.

Un fetore orribile è dovunque. Raramente si trovano letti forniti di lenzuoli,e dove questi vi sono, sembrano cotti in broda di fagiuoli, come quelli di cui parla il Berni nel Capitolo al Fracastoro.

Dormono due o più persone in un letto, e promiscuamente abbiamo veduto ancora dormire uomini e donne; anzi in una locanda in Via Fabbri abbiamo trovato un uomo, che giaceva in compagnia di due donne.

A cagione del caldo soffocante tutti dormono nudi, sicchè entrando in uno di questi covili con un lume acceso, si vedono risvegliarsi e muoversi lentamente e quasi inconsapevolmente e quella confusione di membra contorcentisi ne dà l'imagine di un gigantesco lombricaio.

In Via Scaldasole abbiamo trovato cinque uomini coricati in un piccolo andito dal soffitto inclinato e rivelante l'ossatura delle travi reggenti il tetto. Un uomo non vi può stare in piedi ritto, e bisogna cammini curvo per non dar di capo nelle travi.

V'era una finestretta sola ed era aperta, ma l'aria vi portava dentro l'ammorbante puzzo di una latrina e di un magazzino di galline e di capponi.

Quella casa appartiene ad un pollivendolo, il quale ha certo più cura della salute de' suoi polli che non di quella de' suoi inquilini.

In una locanda in Via Pioppette da' miei compagni di escursione furono riconosciuti tra gli alloggiati ben nove tra ammoniti e sorvegliati.

Ora se tre bastano a comporre ciò che in gergo legale si chiama un'Associazione di malfattori, quivi c'era triplicata e coloro, che la miseria e il bisogno di riposo involontariamente aveva associati, erano della specie più pericolosa.

Ma dormivano, ed un vecchio proverbio dice: Chi dorme non pecca.

Tralasciamo di descrivere le scene poco edificanti, sulle quali c'è caduto lo sguardo in queste nostre visite. Non scriviamo a provocare la corruzione, ma ad eccitare in chi può e in chi deve il desiderio e la volontà di porre rimedio a questi orrori.

I quali non sono del resto più deplorevoli di quelli che riscontransi in tutte le grandi città e che anche noi abbiamo avuto occasione di vedere in Parigi.

Ma siccome parlando della capitale della Francia, della capitale del mondo, si potrebbe credere, che uno stolto chauvinisme ci inducesse a sparlarne, così a dare valore al nostro dire ci gioveremo dell'autorità di uomini, che hanno parlato per vero dire, non per odio d'altrui nè per disprezzo.

NELLA CAPITALE DELLA CIVILTÀ.

Se a Milano la classe povera dorme male a Parigi dorme peggio. E là non v'è neppur oggi alcun indizio di miglioramento.

Il Frégier fin dal 1840 dipingeva, coll'efficacia della verità, la condizione deplorevole dei poveri abitanti in Parigi.

La popolazione operaia vi era, a suo dire, così numerosa che in tutte le ipotesi non si poteva sperare di provvedere pur coll'aiuto degli stabilimenti di beneficenza, che ad una picciola parte de' suoi bisogni.

Ed aggiungeva: Il concorso dell'iniziativa privata sarebbe dunque indispensabile, e quindi importerebbe perfezionare questo concorso.

La legge del 22 luglio 1791 determinando le regole della polizia municipale, ha sottoposti (art. 5) i locandieri, padroni e appigionatori di camere ammobigliate, all'obbligo di tenere un registro firmato e controllato dal commissario di polizia, per l'iscrizione di quanti alloggiano presso di loro, anche per una sola notte.

Il Codice penale ha riprodotto questa disposizione (art. 475).

Ma aggiungendo molte nuove contravvenzioni ai casi previsti dalla legge organica, non ha prescritta alcuna misura per assicurare la salubrità delle locande.

L'ordinanza di polizia del 15 giugno 1882 ha saviamente estesa l'applicazione dell'art. 475 del Codice penale a quanti fanno il locandiere abitualmente o accidentalmente.

Essa è riuscita a ridurre sotto la vigilanza della polizia una folla di locandieri clandestini, che non dando a pigione se non appartamenti o stanze ammobigliate, facevano le viste di credersi dispensati dai carichi e dagli obblighi imposti in generale a coloro che fanno il mestiere di alloggiare presso di sè persone, che non hanno con loro vincoli di famiglia.

Nondimeno quest'ordinanza s'è accontentata di occuparsi del regime delle camere ammobiliate sotto il rispetto della sicurezza e della tranquillità pubblica: essa non ha prescritto nulla riguardo alla salubrità interna di queste abitazioni.

L'insufficienza della legislazione ha forse costretto l'autore dell'ordinanza ad astenersi in argomento da ogni prescrizione che avrebbe avuto per risultato d'inceppare l'uso del diritto di proprietà. Io non saprei veramente, continua il Frégier, assegnare un altro motivo al silenzio ch'egli ha serbato sopra una questione così importante; ma questa lacuna per forzata che possa essere, non è meno deplorevole, perciò che lascia senza rimedio una condizione di cose assai nocevole alla salute degli abitanti delle stanze ammobigliate, e che potrebbe in caso di riapparizione del choléra, aumentare sensibilmente la sua influenza micidiale.

Sarebbe cosa degna d'una savia amministrazione preparare fin d'ora i mezzi idonei a prevenire questa possibilità pericolosa.

Il compito è difficile, senza dubbio, ma perchè non affrontarlo con coraggio, e lasciar sussistere in Parigi, senza fare alcun sforzo per distruggerli, tanti focolari d'infezione, che abbassano al livello degli animali i più immondi, gl'infelici abituati a cercarvi un rifugio per la notte?

Sebbene le abitazioni, delle quali stiamo occupandoci, non offrano tutte egualmente argomento di censura e di biasimo, tuttavia le une peccano per l'agglomerazione degli alloggiati, le altre per il genere del giaciglio, le altre infine per l'assenza d'ogni ventilazione e persino per mancanza assoluta d'aria.

L'agglomerazione è l'inconveniente che domina in tutte le locande dell'infima classe e rende più grave il triste risultato degli altri inconvenienti, ai quali esse vanno soggette.

I venticinque o trentamila operai costruttori, che affluiscono a Parigi ogni anno da alcuni dipartimenti determinati, si raccolgono in camerate e vi si ricoverano a dormire per tutte le notti della stagione di lavoro.

Molte di queste camerate, nelle quali allogiano i manovali e i muratori, sono tenute da persone del paese nativo di questi e i padroni di tali locande ve li attraggono colla loro probità riconosciuta e per le sollecitudini che hanno o mostrano di avere per i loro affittuali.

Queste camerate abbondano principalmente nei quartieri dell'Hôtel de Ville pei muratori e nel Faubourg Saint-Martin pei legnaiuoli.

Questi ottimi operai, per una tendenza che li distingue da tutti gli altri lavoratori, non mirano che al risparmio essi coi loro locatori trattano in modo d'ottenere per sei franchi al mese oltre l'alloggio, il bucato d'una camicia per ciascuna settimana e ogni giorno una zuppa di cui essi però debbono fornire il pane.

Quanto questi operai non impiegano pel soddisfacimento dei loro bisogni generalmente limitatissimi, è risparmiato o pel mantenimento delle loro famiglie o per l'aumento del loro piccolo patrimonio.

I delegati della polizia attestano unanimemente regnare l'ordine e la concordia nelle camerate degli operai costruttori e serbare essi una condotta che si potrebbe dire esemplare.

Non è forse rincrescevole che questi ottimi operai dormano così agglomerati in piccole stamberghe? Avvezzi a lavorare all'aria aperta, l'angustia di tali alloggi dev'essere loro più penosa che non lo sia per altri.

Così le febbri tifoidee sono troppo comuni tra loro e colpiscono talvolta delle camerate intiere.

L'agglomerazione e l'insufficiente arieggiamento delle camere ammobigliate sono del pari pericolosi agli operai impiegati nelle officine e nelle manifatture. Essi infatti ogni giorno passano da un'abitazione infetta ad un opificio, che bene spesso non è meno di quella insalubre, e questi poveretti si trovano così predisposti a contrarre facilmente delle malattie contagiose. Di tutti gli individui componenti la classe povera, i cenciaiuoli e gli straccivendoli sono quelli che abitano le stamberghe più infette e più nauseanti.

Si ha un bel discendere negli ultimi gradi della società, l'ineguaglianza apparisce sempre in qualche parte e gli straccivendoli (chi lo avrebbe imaginato!) ne sono i notabili.

Sono essi degli industriali un po' più economici, un po' più ordinati del resto della marmaglia e che godono d'un certo relativo benestare.

Gli uni, i più scaltri, occupano una o due piccole camere che prendono a pigione per sè e per le loro famiglie; gli altri possedono un pagliericcio che loro serve per coricarsi nella camerata di cui fanno parte; ma questo possesso, spesso collettivo piuttosto che personale, è loro invidiato dai pezzenti, che dormono entro specie di truogoli sopra cenci o sopra poche manate di paglia sparsa sull'ammattonato.

Gli agenti di polizia incaricati della vigilanza delle locande destinate ai cenciaiuoli, ne fanno una pittura incredibile.

Ciascun alloggiato conserva presso di sè la sua bisaccia e la sua sporta, ricolme di lordure, e di quali lordure! Questi selvaggi non provano ripugnanza a comprendere nelle loro raccolte persino animali morti e a passare la notte presso questa preda puzzolente.

Quando gli agenti di polizia entrano in siffatte locande per le loro ispezioni ordinarie o per ricercarvi qualche individuo sospetto, provano una soffocazione che rassomiglia molto all'asfissia. Essi ordinano l'apertura delle imposte delle finestre, quando pure vi è modo di aprirle, e le osservazioni severe che gli agenti dirigono ai locandieri sopra questo orribile miscuglio di esseri umani e di animali in putrefazione non hanno virtù di smoverli punto.

I locandieri rispondono che i loro pigionali ed ancor essi vi sono abituati.

Un tratto dei costumi speciali dei cenciaiuoli, e che si potrebbe chiamare uno de' loro passatempi, consiste nel dar la caccia ai topi nei cortili di certe case ch'essi frequentano.

I cenciaiuoli attraggono i topi coll'aiuto di certe sostanze mangiereccie che mescolano ai cenci raccattati per le vie.

Per fare la loro caccia collocano un mucchietto di tali cenci presso i crepacci dei muri, e quando possono supporre che i topi vi si siano annidati, sguinzagliano nel cortile certi loro cani addestrati a tale caccia e in un batter d'occhio i cenciaiuoli s'impadroniscono di parecchi topi, di cui mangiano la carne e vendono la pelle.

I POVERI AI PARIGI NEL 1840.

Le locande di Parigi, che accolgono durante la notte il fango della società, erano nel 1840 a quanto ne scriveva il Frégier, delle vere fogne.

Quelle stesse, osservava il diligente statista, che non vengono frequentate dai cenciaiuoli, sono per l'agglomerazione degli alloggiati e per le sudicie abitudini di questi, dei focolari pericolosi d'infezione.

Vi sono camere, in cui stanno fino a nove letti separati da piccole corsie a stento bastevoli al passaggio di una persona, e questi letti sono bene spesso occupati da due individui, che non si conoscono nè si sono giammai visti.

La differenza di sesso non è un ostacolo a queste coabitazioni notturne e accidentali, sebbene gli agenti della polizia nulla trascurino per impedire che ne seguano disordini.

Tra le camerate destinate solamente alle donne ve ne è una nel quartiere della Cité, che è rinomata per l'aspetto rovinoso e squallido che essa presenta.

Le donne che la occupano sono vecchie ubbriacone, molte delle quali sospettasi vivano di ladroneccio.

La polizia ha l'occhio aperto sopra queste donne, come sopra tutti gli abitanti di queste tristissime case.

Accade qualche volta agli agenti di dover discendere in questi bassi fondi allo spuntar dei giorno.

Non appena siano essi entrati nella casa dove si trova la camerata, della quale abbiamo testè parlato, che tutte le donne che la occupano si mettono a sedere sul loro canile per facilitare le ricerche di prammatica.

Lo spettacolo di siffatte mummie animate ha qualche cosa del sepolcrale, e si direbbe che il celebre autore di Gil-Blas, se n'è servito per abbozzare il ritratto del Leonardo.

Bisogna essersi occupato alcun poco d'anatomia sociale con uno spirito serio d'investigazione per farsi una giusta idea della popolazione che vive nelle pieghe le più nascoste della società. L'immaginazione, malgrado la sua fecondità e il suo ardire, non saprebbe mai raggiungere in questa materia l'altezza della realtà. Questa ha un carattere, una fisonomia, una stranezza che bisogna aver osservato se non da presso, il che è dato soltanto ai funzionari della polizia, almeno sotto un certo punto di vista prospettico, per poter assumersi la responsabilità di storico esatto. Nè si accusino di imaginarii e fantastici i tratti di costumi ed i particolari intimi che, dice il Frégier, io sono venuto fin qui additando.

25

Sebbene temperati dalla riserva, che ho dovuto imporre alla mia penna, questi non sono in sostanza meno veri. Io ho sacrificato la crudezza del tratto e del colore al rispetto verso la decenza. Ecco la sola infedeltà, di cui io mi accuso. Dopo aver segnalate le cagioni d'insalubrità esistenti nelle locande abitate dalla porzione la più corrotta e la più miserabile della classe viziosa, è impossibile non riflettere sulla necessità di portare un rimedio efficace a uno stato di cose tanto contrario ai diritti dell'umanità e della civiltà.

L'amministrazione deve tollerare ciò che essa non può impedire; ecco perchè essa tollera, pur sempre vigilandole, queste sentine nelle grandi città; ma una simile tolleranza esclude forse la facoltà di far costrurre delle case destinate specialmente ad alloggiare sia i cenciaiuoli, sia quelle altre parti della popolazione che vegetano negli ultimi gradi della società? Io non sono di questo avviso.

Le locande di quarta classe contano molti covili e molte fogne. Se l'amministrazione per viste d'interesse generale si crede obbligata a preparare un deflusso alle acque limacciose d'una città come Parigi per mezzo di opere costrutte con ingente spesa, con quanta maggior ragione non deve essa padroneggiare e regolare quest'altro pantano formato dalla classe miserabile e viziosa, che formicola in questa vasta capitale? A non considerare che l'igiene pubblica, egli è certo che la città guadagnerebbe sensibilmente a scavare un letto a questo pantano di nuova specie ed altrettanto più pericoloso, perchè non influisce meno sul morale che sul fisico delle popolazioni.

L'esecuzione di questo progetto non sarebbe un carico affatto gratuito per l'amministrazione. Certo non ritrarrebbe l'equivalente del capitale impiegatovi, ma potrebbe rappresentare una parte assai considerevole di questo interesse, e gli oneri che s'avrebbero a sopportare troverebbero il loro compenso nell'assicurato aumento di garanzia alla sanità pubblica.

LE OSSERVAZIONI DI PAUL CÈRE. MAXIME DU CAMP E JULES SIEGFRIED.

Paul Cère in un suo libro pregevole per copia e finezza di osservazioni sulle classi pericolose di Parigi ci insegna che nel 1872 il numero dei locandieri «disposti a dare un letto, ad ogni passaggiero era considerevole; se ne contavano non meno di 19226 aventi un personale di 2847 impiegati.» Si direbbe che una parte della popolazione di Parigi non ha nè casa nè tetto, ed è obbligata a dormire alla ventura E Maxime du Camp, nel terzo volume della sua importantissima opera intitolata «Paris, ses organes, ses fonctions et sa vie» dopo averci parlato dei ladri, dei falsi giornalieri, dei vagabondi, dipingendone i costumi e additandone i vituperevoli mezzi di sussistenza, accenna pure i luoghi, dove costoro vanno a sostare e a dormire. Molti tra essi sono dans leurs meubles, come si dice, o alloggiano presso quelle povere creature perdute, sprofondate nel più basso della fogna sociale, chiamate da essi le loro operaie perchè le disgraziate lavorano, - quale orribile lavoro! - per farli vivere. Quelli sono i più favoriti ed eccitano l'invidia dei loro compagni, che per la maggior parte sono senza domicilio.

Quando le notti sono aspre o piovose e quei miserabili hanno qualche soldo in tasca, essi vanno a domandare asilo a quelle locande di ultimo ordine che si chiamano garnis à la nuit. Non valgono le parole ad esprimere l'aspetto ripugnante e l'odore nauseabondo di queste stamberghe. Il du Camp dichiara che nella sua vita di viaggiatore lungo le rive del mar Rosso, presso gli Arabi ababdeh del deserto, sotto la tenda dei Beduini della Cele-Siria, nelle borgate dell'Asia minore ha dormito in luogo orribili, sucidi e brulicanti di vermi, eppure non ha mai visto nulla di simile allo spettacolo che presentano questi bugigattoli durante le ore della notte. L'imaginazione dei locandieri è inesauribile, quando si tratta di far tre o quattro camere di una sola, di porre dei tramezzi nei corritoi, di invadere i pianerottoli o di praticare delle nicchie (è la vera parola) propriamente sotto i tetti in stanzini tanto bassi e ristretti da non potervisi penetrare che carponi. Le scale spiombate, le finestre senza imposte, le larghe fessure che solcano i muri danno a queste casupole l'apparenza di ruine. Nelle stanze durante la notte non v'è lume; si cammina a tentoni in mezzo ad una atmosfera grave, nella quale si combinano in un odore insopportabile l'umidità dei muri, il lucignolo spento, la feccia fermentante del vino mal digerito e il sudore umano.

Sopra un materasso, donde esce la lana mista a trucioli, un fascio di abiti logori e strappati si rotola in un angolo, lo si spinge; quello si agita, si alza. Si indietreggia spaventati di vedere che una creatura vivente può respirare in quell'aria ammorbata.

Ah, che si comprendono meglio allora quelli che, fuggendo l'orrore di simili ricoveri, vanno a dormire a cielo aperto alla mercè della pioggia, che può cadere, o della ronda di polizia, che può sopravvenire!

Non è tutto rose neppure per quelli che, dormono sotto la folta chioma degli olmi dei Champs Elysées o nelle cantine delle case in costruzione, poichè il più delle volte vanno a finire la loro notte alla polizia. Maggiormente da compiangere sono coloro, che senza riflessione nè previdenza, cercano un asilo sotto gli archi laterali dei ponti sulla Senna e vi dormono bagnati, sotto la sferza d'una corrente d'aria fredda ed umida che paralizza loro le membra e li manda ben presto all'ospitale colpiti da reumatismi articolari. Il luogo prediletto dai vagabondi e dai ladri furono per lungo tempo le fornaci di calce di Montmartre, ma dopochè queste ultime sono state abbandonate, essi si sono dispersi parte a Bagnolet e parte a Pantin. Vi è però un luogo ch'essi frequentano volentieri a Parigi e che è conosciutissimo, perocchè chicchessia ha inteso certo parlare delle carrières d'Amérique.

Non è là, come si crederebbe, ch'essi si rintanano durante le notti d'inverno. Tali cave per vero dire sono inabitabili anche per uomini rotti a tutte le durezze della vita all'aria aperta; sono dei lunghi anditi, in cui l'acqua cade a goccia a goccia su terreno così bagnato, che vi si cammina nel fango fino al collo del piede. È là presso ch'essi si rifugiano, a lato delle fornaci di calce che fiammeggiano giorno e notte e spandono un calore, di cui i vagabondi sanno apprezzare i benefici. Là al pari di altrove comme on fait son lit, on couche.

I più accorti non arrivano mai tardi, per poter scegliere dei buoni posti; si stendono sulle fascine non lontano dalle fornaci e al riparo dalle correnti d'aria. Quivi si fa più che dormire, vi si cena con de' salumi, con della acquavite, tutta roba rubata; vi si danno dei convegni amorosi; vi si tengono delle serate, delle conversazioni, vi si balla, vi avvengono lotte e duelli, e non vi è stravizio tanto repugnante, di cui questi luoghi così desolati non siano stati testimonii. Tutto si sciupa a lungo andare, e le carrières d'Amérique hanno quasi finito il loro tempo, in ogni caso, le loro notti famose sono passate. La polizia ha troppo rivolti gli sguardi in quelle parti, e i vagabondi più non vi si recano che esitando, poichè è raro adesso che il loro sonno non venga interrotto.

Verso le due ore dopo la mezzanotte, quando si crede che le fornaci sono occupate e che ognuno vi s'è addormentato, si parte senza far rumore dal posto di polizia il più vicino. Gli agenti comandati da un ufficiale di pace, si dividono in quattro squadre,che, rasentando i muri, camminando in punta di piede, circondano il nascondiglio da tutti i lati, in guisa da custodirne le uscite. A un dato segnale, le lanterne vengono aperte e gli agenti si precipitano tutti contemporaneamente verso il grande dormitorio improvvisato sotto le volte biancheggianti.

Il risveglio è generale. I novizii cercano di fuggire, i vecchi praticoni s'alzano stirando le braccia e si consegnano essi stessi agli agenti.

Nessuno mai resiste e là prima parola, significantissima, di ognuno di questi infelici è: «Non mi fate del male!»

Che cosa trovasi colà? Il rifiuto di Parigi, vagabondi, ladri, recidivi, miserabili infine, che non possono ispirare se non la pietà.

Io soffro d'asma, diceva un d'essi, il che mi impedisce di lavorare; io tossisco molto e a cagione di ciò i locandieri mi mettono alla porta. Io vengo a dormire presso le fornaci perché ciò mi solleva alquanto. Colui è stato immediatamente e d'urgenza inviato ad un ospitale, perchè gli fossero prestate le cure opportune.

In questi covili vi si arrestano dei fanciulli fuggiti dalla casa paterna e già dediti al ladroneccio; quattro fra essi furono sorpresi al momento, in cui tenevano tra mani e mangiavano un pane di burro che avevano trafugato al mercato.

Queste razzie danno dei risultati importanti; in due giorni, il 19 e il 20 febbraio 1869, la Polizia si è impadronita di 77 individui, di cui 58 avevano già avuto a fare colla giustizia.

Quest'era la punto invidiabile condizione dei poveri di Parigi nel 1873, malgrado esistano quivi la Société philantropique fondata sino dal 1780, e l'opera pia dell'Hospitalité de nuit, istituita nel 1878, le quali alacremente diffondono i loro beneficii fra le classi più sfortunate della società.

Un uomo benemerito della umanità, Jules Siegfried, pensatore profondo e filantropo generoso, forse misurando dai prodigiosi progressi, ch'egli ha fatto fare alla piccola ma importante sua città dell'Havre, i progressi che avrebbe dovuto fare Parigi in questi ultimi tempi, in un suo libro intitolato: La misère, son histoire, ses causes, ses remèdes, scriveva: Le squallide casupole dei secoli passati, le cantine infette di certe città manifatturiere, e i solai insalubri dove s'agglomerano delle famiglie intiere, fanno posto gradatamente ad abitazioni più vaste e più sane.

Eppure nel 1878, quando abbiamo visitato Parigi, avendo noi fatte delle escursioni nei luoghi in cui la marmaglia s'annida, vi abbiamo trovato che quanto hanno scritto il Frégier, il Cère, il Du Camp vale ancora oggi quanto per l'appunto valeva ai tempi in cui o di cui essi hanno scritto.

Che più? Avevamo a scorta nelle nostre escursioni notturne due sergents de ville, i quali alle tre dopo mezzanotte quantunque armati, non si sono peritati a scendere dal quais e passare sotto il ponte dell'Alma, non discosto dal Trocadero e frequentatissimo di giorno, se non quando poterono avere due altri sergents a ingrossare la comitiva.

Ciò non faceva onore al loro coraggio, ma neppure allo spirito di rispetto all'autorità, per parte degli abitanti accidentali del primo arco sulla destra della Senna. E veramente, se si fosse trattato di fare a pugni con tutte le persone che stavano coricate sotto quell'arco, i sergents de ville avrebbero certamente avuta la peggio.

Dal 1878 in poi passarono parecchi anni, nè le cose sono punto mutate, giacchè degli egregi pubblicisti di Francia hanno, anche in questi ultimi giorni alzata la voce per risvegliare la carità pubblica e additarle di nuovo la turba immensa, che in mezzo al lusso della capitale del mondo civile non può trovare un onesto rifugio dove passare la notte.

I POVERI DI PARIGI AI TEMPI NOSTRI.

Il Gaulois del giorno 4 maggio 1882 bruciava la prima cartuccia a pro della causa degli indigenti di Parigi. Esso incominciò in quel giorno per lo appunto a parlare dei luoghi, ove abita la ingente classe povera di quella vasta metropoli.

Colla scorta di quel giornale cercheremo di far conoscere a' nostri lettori le miserie di Parigi, quali si manifestano a' dì nostri.

Noi potremmo visitare, scriveva il Gaulois, molti quartieri.

Cosa strana, anche nei quartieri ricchi, noi troveremo dei miserabili; la stamberga del povero presso al palazzo del gran signore.

Colui che domanda a Dio un po' di sonno per isfuggire alle torture della fame è perseguitato fino sul suo giaciglio dalla musica del ballo, che suonasi nel palazzo vicino.

Il metro di terreno vi conquista dei prezzi favolosi. Andiamo piuttosto verso le estremità; è là che noi troveremo delle viuzze larghe due metri, dei vicoli ciechi che fanno le viste di condurre in qualche parte e che si fermano tosto, dei cortiletti che s'aprono capricciosamente l'uno sull'altro, delle vecchie fabbriche senza carattere, delle case crollanti, sebbene tutte nuove; e tutto a un tratto come contrasto, degli edifici innalzati in tutta fretta sopra lunghi spazii per ammortire il prezzo del metro di terreno per mezzo dell'accumulazione dei piani, casolari, capanne, città operaie immensa ricchezza, ansia profonda; la miseria delle città accosto alla miseria campagnuola, officine sudanti il milione, magazzini ingozzati di derrate e di mercanzie, circondati, oppressi, assediati, assaliti da una foresta di alloggi insalubri, pestilenziali, senza spazio, né aria, nè fuoco, nè sole, nè acqua; più stretti e cento volte più sucidi che una prigione; degli strumenti di tortura piuttosto che ricoveri; dei sepolcri anzi che abitazioni.

Tutto ciò nondimeno a Parigi; nella capitale del lusso a due passi da Bullier.

Si diceva, sotto l'Impero, che il bosco di Vincennes era deserto, che le cocottes non vi andavano.

Esse non volevano attraversare il sobborgo. Esse vi avevano paura. Paura degli abitanti? No, paura dì sè stesse. Paura dei proprii servi gallonati, dei loro cavalli riccamente bardati, paura della loro seta, dei loro pizzi, paura del loro rossetto e del loro belletto, di fronte a tante donne mancanti di pane e di biancheria e che lavorano!

Noi abbiamo la scelta tra le rovine, che datano da ieri, e quelle che risalgono a due secoli; tra il quartiere Giovanna d'Arco che conta 1200 case d'affitto e 2000 inquilini, dove le case dalla facciata larga tre metri, soffocate, schiacciate dalle due case vicine e di cui il quinto, o il sesto, o il settimo piano non sono accessibili che mediante una scala a piuoli.

Il quartiere Giovanna d'Arco, nel tredicesimo Circondario, è celebre per la sua lunga lotta contro le esigenze della Commissione di vigilanza sulle abitazioni insalubri; noi abbiamo pure il quartiere dorato, che ha la sua celebrità particolare, la città del Progresso, il quartiere Maupy, e una folla di altri quartieri.

Si potrebbero passare degli anni a visitarli; pochi minuti basteranno ai nostri lettori per giudicarli. Molti dei fondatori ci assicurano ch'essi si sono lasciati indurre a queste creazioni da spirito di fratellanza.

Noi non abbiamo nulla a dire dei loro sentimenti, nè delle loro persone: non si tratta per noi che dei loro alloggi.

Tutte queste abitazioni sono governate da una formula, che li condanna a rassomigliarsi o per meglio dire a identificarsi. Questa formula eccola qui:

Vendere al maggior prezzo possibile la minor quantità possibile di spazio e d'aria respirabile.

Entriamo: la chiave è sulla porta; non vi è nulla a rubare. La maggior parte del tempo, l'inquilino non vi è. L'inquilino non ama di essere visitato, come una bestia nel suo covile, sotto pretesto di carità o di riforma. Ma noi non vi troveremo punto nè ammalati, nè donne.

Anzitutto un'abitazione è una stanza. Noi troviamo, quasi dappertutto più inquilini in una sola stanza; giammai due stanze per un solo inquilino.

Qualche volta i locatari della stanza formano una famiglia; assai spesso essi sono sconosciuti gli uni agli altri; essi si incontrano nella loro stamberga come si possono incontrare nella strada.

Quanti metri per ogni persona? Il regolamento pei prigionieri dice: a Londra metri cubi 17,98, in Olanda 27, a Friburgo 30.

Il regolamento non prescrive, in Francia, che 15 metri cubi.

Nella pratica se ne danno 20.

La cella modello esposta nel 1878 dal Ministero dell'Interno e che era presa per tipo, ne aveva 30. Diciamo solamente che una cella nelle prigioni cellulari francesi ha venti metri cubi.

È quasi una gabbia: poichè non fa tre metri in lunghezza e tre metri in larghezza da percorrere.

Si provò la Commissione delle abitazioni insalubri a trovare queste misure in tutti gli alloggi. Ecco una misura presa a caso nel rapporto del signor Du Mesnil: 2,40 + 2,60 + 2,22 = 9,41. Sono dieci metri e sessanta d'aria e di spazio al di sotto di quello che si dà al prigioniero, al condannato.

Il signor Du Mesnil che noi abbiamo interrogato, propone di fornirci, a centinaia delle misure analoghe.

L'Amministrazione ha prescritto 14 metri cubi per persona, ma non si tiene alcun conto de' suoi ordini.

Il signor Du Mesnil cita, dandone l'indirizzo, delle stanzette che misurano otto metri cubi.

Noi ne troviamo una nel suo rapporto che ne ha 6,41. Essa è abitata.

In una locanda della via Bisson, una stanza di metri cubi 20,92 è affittata per cinque letti cioè 5 metri e 98 per ciascun letto. Nella via Santa Margherita, sopra una corte chiamata la Fossa dei Leoni, perchè essa ha servito altre volte di scuderia ad un serraglio, i signori Coudereau, Sinaud e Grandpierre additano due camerette aventi metri cubi 4 e 80.

Noi diciamo: Aria e spazio. È un orrore. Spazio se voi volete. Aria è un'altra cosa.

Tutte le stanze non sono di facciata e neppure tutte guardano in qualche cortile. Molte si aprono sulla scala o sopra un corridoio, che pure non comunica direttamente coll'esterno; le scale non sono qualche volta che delle scale a piuoli. Tali stanze o gabbie rassomigliano a cloache, l'aria vi è putrefatta dalle esalazioni delle sozzure accumulate sul suolo, è l'aria vi è stagnante, pestifera. Ordinariamente non vi sono finestre che diano sulla scala. La luce manca del pari che l'aria respirabile. Molte camere non prendono luce che da un vano di trenta centimetri di larghezza sopra sessantadue di altezza. Il signor du Mesnil cita una stanzuccia in rue Bisson, che non ha se non un vano di quaranta per cinquanta centimetri; in altre stanze non v'è neppure l'abbaino; alcune non hanno altra apertura che la porta. In queste si rinnova un po' l'aria, e si immette un po' di luce, lasciandola semi-aperta. Il rapporto del signor Du Mesnil descrive una camera situata sotto il piovente del tetto. Essa ha una porta e una finestra; la porta ha cinquanta centimetri di apertura, la finestra è un foro di 30 X 62 centimetri. Il lato più alto misura un metro cinquantadue centimetri, il più basso misura un metro e sedici centimetri. Una donna di statura ordinaria non può andare in fondo alla stanza se non carponi, ed è costretta a starsi piegata sulle ginocchia. Questo canile ha la capacità di dieci metri e cinquantasei centimetri cubici.

Immaginate ora uno stambugio non molto lungo, rischiarato da una sola finestra e dove sono ammucchiati molti letti. Sicuramente, vi sono anche di queste. L'ultimo letto non ha nè luce nè aria. L'inquilino o il paziente, come voi volete, non può tenersi a sedere sul letto. Per coricarsi e per levarsi, bisogna che egli vi si rimpiatti o ne scivoli.

Rendetevi conto dell'odore, se potete, quando pure non vi fossero che la stagnazione dell'aria e le respirazioni ed espirazioni umane; ma vi è di più il sucidume indescrivibile, orribile. L'acqua è sconosciuta nella casa: non recipiente, nè provvisione. In caso di incendio la casa brucierebbe come uno zolfanello.

In più d'una di queste stamberghe la soffitta è di panconcelli mal congiunti, il suolo non è sempre coperto di tavole o di mattoni. Gli inquilini del pianterreno camminano o giaciono, sulla terra nuda, cioè nel fango o piuttosto nelle lordure. Non v'è caminetto e quindi nessuna ventilazione. Le pareti sono fesse, i tramezzi screpolati. Le tappezzerie di carta ammuffite, cadenti a brani, coperti da un brulicame di insetti parassiti d'ogni sorta. Coloro che dimorano in questo putridume non possono sognare cure di pulitezza personale, e infatti essi non vi pensano nemmeno. I medici vi diranno, in quale stato è il loro corpo, quando si portano malati o moribondi agli ospitali.

Bisogna dir tutto; non si tratta di esser delicati in parole e barbari in realtà. Ciò che vi è di più spaventevole in queste case d'orrore sono i cessi. Si sentono prima di passare la soglia, si sentono dappertutto nella casa, le loro esalazioni vi prendono alla gola; è come una malattia, come una peste. Il puzzo, che v'ammorba il naso, vi fa nel medesimo tempo lagrimare.

Sembra che a ciò gl'inquilini di queste case si abituino, ma noi pensiamo piuttosto che ne muoiono. I cessi danno sulle scale, spesso senza copertura o senza copertura sufficiente; il dottor Du Mesnil ne ha veduti di quelli che danno direttamente sopra una camerata. Nessun modo di chiusura automatica, anzi nessun modo di chiusura d'alcuna sorta, ma dei buchi spalancati. Non vi è neppure deflusso. Per suolo dei mattoni sconnessi, delle tavole ammuffite o della fanghiglia; si formano tutto intorno dei pantani e dei depositi immondi, i tubi di caduta traversano qualche volta le camerate allo scoperto, fra questi tubi vi sono di quelli che hanno delle fessure o delle rotture, dalle quali sfugge la materia fecale. In un caseggiato importante per la sua estensione, certi depositi di immondezze sono così vecchi che l'erba vi è cresciuta sopra. I cessi non sempre sono nemmeno in numero sufficiente. In una casupola della rue Sainte-Marguerite non vi sono che due cessi per centododici inquilini.

Compreso della gravezza di siffatta mostruosa condizione di cose, un egregio pubblicista francese, con giusta indignazione, or non ha guari esclamava: «Ecco ciò che esiste vicino a noi nella nostra città, nella nostra grande Parigi, nella nostra pomposa Parigi.»

Noi, scriveva il Gaulois, vi abbiamo descritto gli alloggi insalubri, secondo il rapporto della Commissione dipartimentale di igiene, mescolandovi i ricordi di visite che vi avevamo fatte; ma noi temiamo di nausearvi dicendovi tutto. Non parliamo della promiscuità dei sessi e delle età... Ed ora sapete voi, che in questi covili non vivono soltanto dei pregiudicati? Sapete voi che vi si trovano uomini buoni e donne oneste e fanciulli in gran numero? Poveri fanciulli! Trovate voi giusto che noi facciamo tante discussioni per la politica, che noi pensiamo a tante cose, che potrebbero bene attendere, e non tentiamo un grande sforzo per mettere fine a questa barbarie, a questo disonore? Sapete voi, cittadini, che l'umanità invoca un vero provvedimento? e sapete voi che in questi abituri vi sono per voi stessi dei germi di peste sociale e di peste fisica?

Bada a te, Gomorra! la tua noncuranza e la barbarie ti uccideranno.

Ma non è qui tutto.

Alla descrizione di tante brutture alcuni possono gridare: Voi esagerate.

È terribile questa parola, leggevasi nel Gaulois. Essa dispensa le persone sensate, le persone a modo di riflettere, d'agire, di compatire.

Gl'indifferenti aggiungono: Molti poveri sono la cagione della loro miseria.

E così altri, per sottrarsi a qualunque sacrificio, grettamente ci dicono. Il fare la carità è un incoraggiare la pigrizia.

Queste sentenze vengono proferite da uomini senza cuore, e di questi ve ne sono dappertutto, a Parigi come a Milano.

Costoro non presentono il giorno, in cui questi disgraziati si ricorderanno, esservi persone che nuotano nell'abbondanza e che si rifiutano di pensare a loro.

E che cosa risponderete, o ricchi, alla turba di questa poveraglia, il giorno in cui sfonderà le dure, illustri porte, invaderà le vostre sale e pretenderà da voi tutto irritata dal rifiuto di una piccola porzione del vostro superfluo, che, donata spontaneamente e a tempo, vi avrebbe dato il diritto di risponderle: Il nostro dovere l'abbiamo fatto. Oggi voi volete l'ingiustizia.

Qualcuno forse ci dirà: Voi suscitate dei risentimenti, mettendo in mostra queste miserie.

Eh! no, risponderemo ancora coll'articolista del Gaulois.

Noi parliamo ai nostri lettori, e questi non abitano in locande insalubri.

Del resto, come mai le nostre parole potrebbero provocare dei risentimenti? Noi nulla possiamo insegnare sulle locande insalubri a coloro che le abitano! Essi purtroppo ne conoscono tutte le miserie, nè hanno bisogno che noi le additiamo loro.

Ma fortunatamente per Milano, città non molto vasta, la cosa è senza troppe difficoltà rimediabile.

Non così altrove, a Parigi, esempligrazia, dove una parte della popolazione, che vive non si sa di che, nè perchè, è stata dai Parigini battezzata con qualche spirito, ma con poca carità: Krumiri.

I KRUMIRI DI PARIGI.

I Krumiri! È una parola tutta parigina. Sono gli operai dei sobborghi che nell'anno di grazia 1882 hanno adoperato questo nome per designare i membri d'una tribù, selvaggia per la sua condizione e per le sue abitudini, civile per la sua origine, differente dai cittadini di Parigi quasi quanto i Krumiri dell'Africa. Costoro abitano tra la piazza Pinel e la via Jenner nel decimoterzo circondario. Epperò sapientemente il giornale di Parigi, dal quale attingiamo queste notizie fa osservare ai suoi concittadini: Voi potete recarvi presso questi Krumiri con una mezz'oretta di strada soltanto.

I Krumiri non abitano in locande; non sono nè locatarii, nè proprietarii. Essi sono proprietarii della loro casa, e locatarii del terreno sul quale la posano.

E quel giornale aggiunge:

Notiamo che vi sono nella città dei Krumiri, degl'industriali, che hanno fabbricato per subaffittare...
Il sublime del genere.

Trattasi di Krumiri che sono nello stesso tempo locatori.

Ma non posseggono nè case, nè ricoveri, posseggono piuttosto dei canili.

I Krumiri d'Africa hanno una tenda, che li ripara bene e ch'essi possono trasportar seco, quando cambiano di residenza.

Costoro invece vivono da solitarii, da eremiti. Alcuni di essi hanno con sè un cane magro o un gatto, parecchi allevano dei conigli.

Nessuno di quelli sa dove si fermerà, quando l'ordine fatale di sloggiare sarà loro dato.

Le cave e le fornaci di calce non sono più abitabili; e d'altra parte v'è la legge contro i vagabondi.

Quando si è stato Krumiro, e per conseguenza proprietario, non si vuol risicare di farsi condannare per vagabondaggio.

La casa (chiamiamo così il covile del Krumiro) se nel giorno molto vicino della dispersione non sarà un vantaggio, non sarà nemmeno un imbarazzo. Il Krumiro ne uscirà senza portarsi nulla, lasciando al proprietario o al vento la cura di spazzarla via e di farne sparire la traccia.

I materiali, quando saranno abbattuti a terra, non si distingueranno affatto dai detriti che oggi li circondano. Non sono che delle assicelle mezzo ammuffite, del cartone spalmato di bitume della terra, del traliccio da imballaggio, di quanto la fortuna feconda fa capitare nelle mani del Krumiro.

Egli si rannicchia sotto questo ammasso di rimasugli, colla sua famiglia, se ne ha, oppure coi suoi conigli e può dire: Io sono in casa mia.

La sua casa non è confortevole più della camera d'un locatario del quartiere Doré. Essa non è più grande, nè più illuminata nè più difesa contro i torrenti, che cadono dal cielo, e contro quelli che in tempo d'uragano scorrono davanti alla porta.

Essa non è abbastanza solida: capita talvolta di cadere addosso al suo proprietario, che la rialza o la rifà all'indomani.

Siccome all'interno della stamberga vi è una specie di cucina, così questa spesso è piena d'un fumo denso, nauseabondo per la natura dei combustibili che là dentro vi si bruciano.

Certi Krumiri passano là le loro giornate, poichè non hanno tutti delle professioni ambulanti, e in mezzo a loro ve ne sono molti, che cominciano le proprie escursioni al cadere della notte e le terminano all'aurora.

Quasi tutti hanno davanti alla rispettiva casa un giardino. Invano però vi cercheresti o alberi, o arbusti, o fiori, o legumi; non vi si trova neppure un'umile zolla erbosa.

Siccome l'uso dei cessi è sconosciuto nel quartiere dei Krumiri, e siccome vi sono delle specie di fogne e dei canaletti di scolo, così il suolo dei giardini come quello della via riesce un composto d'escrementi, di residui senza nome, di schifezze d'ogni sorta, emergenti da un pantano fetido. Tali sovrapposizioni successive, alzando continuamente il suolo dei giardini o dei cortiletti, fa sì che il suolo del pian terreno è d'altrettanto più basso e non tarda, grazie alla vecchiezza e all'insufficienza delle porte, a trasformarsi in vera cloaca.

Gli abitanti della città dolente hanno discreto viso alla sera, quando partono alla conquista del mondo, colla bisaccia sulle spalle, la loro lancia in una mano e la lanterna nell'altra.

Ma è un triste spettacolo vederli rientrare come ombre ai primi albori del giorno, cogli occhi socchiudentisi, le ginocchia tremanti, il petto anelante, per spiluccare le sozzure riportate, in mezzo alle sozzure che li aspettano e colle quali si direbbe eh'essi vanno a confondersi.

E questi Krumiri sono Parigini, sono cittadini, elettori ed eleggibili. Tra costoro vi sono uomini rispettabili per la loro triste sorte, e per gli sforzi che fanno per lottare contr'essa.

Né Haussmann, nè i suoi successori non hanno certo impiegato il bilancio della città ad aprir per loro le vie, a selciarle, a fornirle di marciapiedi, a scavare nel sottosuolo dei tubi di scolamento, nè li hanno fatti approfittare delle scoperte di Jablochkoff.

Quando alcuno si arrischia la notte a recarsi nei loro paraggi, si trova piombato nell'oscurità la più completa.

Gli stessi guardiani della pace, che girano attorno al quartiere dei Krumiri, la guardano da lontano, come una terra sconosciuta e misteriosa, nè si curano di porvi il piede.

Del resto i Krumiri sono d'indole pacifica; sono troppo stanchi per aver voglia di litigare.

Essi non pagano imposte; pagano solamente un tributo al loro feudatario, se così è lecito chiamare il proprietario del suolo.

Questo proprietario non è un personaggio di mediocre importanza, poichè è nè più nè meno che l'amministrazione generale de l'Assistance publique a Parigi.

Chi ha richiamata l'attenzione dell'autorità politica sopra l'esistenza dei Krumiri in Parigi fu il proprietario di un grazioso palazzino, costrutto per l'appunto sui confini del quartiere dei Krumiri.

Ne è stata sporta all'autorità querela o protesta il giorno 8 ottobre 1881. Essa fu immediatamente comunicata all'ingegnere ordinario ed all'ingegnere in capo del servizio stradale, che ne hanno fatto l'uno e l'altro oggetto d'un rapporto. Nessuno quindi può addurre a propria scusa l'ignoranza. Ecco come s'esprime l'ingegnere ordinario:

«Il signor X... passaggio Doré N... si lagna perchè l'amministrazione dell'Assistance publique abbia lasciato fabbricare sopra un terreno, ch'essa possiede tra la piazza Pinel e la via Jenner, una specie di quartiere composto di capanne e di case mal costrutte senza scoli per le acque, senza latrine, e che sarà tale, per le sue tristi condizioni igieniche, da creare, al momento del maggior caldo, un vero pericolo per la salute pubblica.»

La condizione tratteggiata dal signor X... è sfortunatamente esatta, e noi possiamo ancora aggiungere che la sua descrizione resta molto al disotto dell'impressione che abbiamo provata, quando abbiamo visitato quel quartiere.

S'immagini un terreno di trenta metri di larghezza sopra cento cinquanta circa di lunghezza, inclinato verso la rue Jenner, ma senza scolo d'acqua verso questa via.

In mezzo a questo terreno, vi è una strada in terra grassa, molle alla minima pioggia e resa infetta dai detriti e dalle deiezioni d'ogni specie che vi si sono incorporate.

Lungo questa strada, delle capanne o delle baracche costrutte con vecchi materiali, con stoie, con assicelle, con tutto ciò che l'ingegnosità della più pungente miseria può raccogliere e comporre insieme per difendersi contro le intemperie delle stagioni.

Presso alcuni di questi ricoveri, una fossa in terra, qualche volta una botte sfondata nel suolo, serve di cesso.

Un po' dappertutto lordure, materie fecali, rimasugli d'ogni sorta...

Si legga ora, e si mediti l'avviso dell'ingegnere in capo.

I funzionarii pubblici, l'amministrazione stessa de l'Assistance publique, che noi non pensiamo neppure a trarre in campo, possono essere vincolati dalla legge; ma i poteri pubblici sono padroni di modificare la legge, e noi presentiamo loro questo dilemma:

Se la legge basta, applicarla; se essa non basta, rifarla.

Ecco l'avviso dell'ingegnere in capo: La condizione già orribile del rione Doré s'è aggravata per la vicinanza del quartiere dei Krumiri, stabilito sopra un grande terreno appartenente all'Assistance publique, il che dà luogo ad una questione importante.

Secondo l'Assistance publique, una parte dei suoi terreni non può essere venduta. Questa amministrazione si limita ad affittarli, il più spesso senza canone serio, a prezzo vile.

I locatarii subaffittano alla loro volta a povera gente, che innalza sopra questi terreni delle costruzioni sordide, le quali sono fabbriche di febbri tifoidee.

È una disgrazia per una via la vicinanza dei terreni dell'Assistance publique in queste condizioni.

Non ci spetta indicare il rimedio: additiamo il male.

L'Assistance publique possiede a Parigi molti terreni poco o male utilizzati. Sarebbe desiderabile che questi terreni fossero venduti, quando sono allo stato di piccole porzioni isolate; si potrebbe così innalzarvi delle costruzioni salubri in luogo di baracche spaventevoli, che vi si stabiliscono contro tutte le regole dell'igiene e della salubrità fisica e morale.

Vi è specialmente sul punto indicato delle vere stamberghe, le quali producono una certa impressione, quando si pensa, che sono fatte colla complicità apparente d'una amministrazione, che dipende dalla prefettura di polizia, mentre questa s'adopera con grandi sforzi ad assicurare la sanità generale e particolare.

Che potremmo noi aggiungere a queste parole? Il signor Du Mesnil descrive una per una, le trenta baracche che compongono il quartiere dei Krumiri. Esse sono, dice egli, separate da una strada di terra fangosa, nella quale si sprofonda fino alla nocca del piede; questa strada è sparsa di larghe pozze di una fanghiglia nerastra e fetente. È insomma una cloaca a cielo aperto.

E più innanzi aggiunge:

Se alcuni casi di febbre tifoidea apparissero nel quartiere, sarebbe impossibile, cogli andamenti dei suoi abitanti, di prevenire le stragi, che le malattie menerebbero tra questa popolazione, nella quale la resistenza vitale è considerevolmente diminuita dalle privazioni e dall'abitare in questi orribili stambugi.

Tutti gli esseri umani, che vi risiedono, presentano i caratteri di una decadenza fisica molto avanzata; i fanciulli vi sono pallidi, macilenti, scrofolosi; gli uomini e le donne invecchiati innanzi tempo.

In una di queste case il padre e un fanciullo sono malati in letto, e qual letto! in un'altra il marito è all'ospitale, e la donna è in casa sola con un fanciullo infermiccio; più in là vi è una casa vuota, il fanciullo è in prigione la madre è morta di crepacuore.

Se l'Assistance publique, dice più oltre il signor Du Mesnil, volesse darsi la briga di creare degli ammalati per mantenere attivi i suoi servizii ospitalieri, essa non potrebbe agire diversamente.

Nel contratto fatto col principale locatario, l'amministrazione s'è riservato il diritto di rientrare nel possesso del terreno prevenendolo sei settimane prima.

Essa può dunque far sparire queste nefande costruzioni.

Il farà, così dice, in ottobre, cioè dopo i grandi calori, dopo il pericolo.

Ecco quanto essa ci promette per rassicurarci. L'operazione è difficilissima, e fu già tentata indarno una volta.

Questi poveri sventurati hanno gridato, come dei naufraghi, ai quali si volesse strappare l'ultima tavola di salvezza, la trave che li sostiene galleggianti sulle acque.

I Krumiri hanno gridato ad una voce: Dove andremo noi? Ecco il problema.

PERICOLOSO CONFINE

In un libro di J. Dauby, intorno agli operai ed alla loro condizione, sono trattate maestrevolmente moltissime questioni risguardanti le classi popolari. È scritto da un operaio, il quale col suo bell'ingegno e col suo retto giudizio, potè giungere ad un grado sociale assai elevato. Si può dissentire da lui nella soluzione di certi problemi, ma, là dove ei non afferma che fatti, non si può far a meno di ammirare la sua perspicacia e il suo spirito di osservazione.

Il Dauby tratta la causa degli operai con quella chiarezza di vedute, che solo può dare una lunga esperienza e una profonda conoscenza dell'argomento, dimostra tutte le difficoltà, che fanno impedimento a chi vuol risolvere in astratto la questione sugli operai, dei quali vi ha una grandissima parte, che toccano quasi dappresso la feccia plebea, e per certi rispetti con questa si confondono.

Ecco quant'egli dice su questo proposito:

«... Osservate la faccia sparuta di quel l'uomo cencioso e dietrogli la moglie e i figli non meno pallidi e laceri di lui. Vive stentatamente e a stento guadagna di che campare, sebbene egli dedichi al lavoro sè stesso e la famiglia, il calore e la forza dei loro corpi.

Quest'infelice vi fa orrore e vi stringe il cuore al vederlo un momento passare per la via o vi farebbe assai più raccapricciare, se lo vedeste con tutti i suoi dove si coricano tutti insieme alla rinfusa sopra il canile della loro

stamberga oscura, umida, sprovvista di tutto.

Or bene quest'uomo e questa famiglia v'offre uno degli aspetti della questione sugli operai.

«Eccovi una città grande, Bruxelles, Gand, Liegi, per esempio, ricca, bella, per i suoi monumenti, per vie magnifiche, ammirate dal viaggiatore che la visita. Fate che una persona o il caso vi conduca del pari in altri quartieri fuor di mano, i quali sembrano remoti dagli altri quasi vogliano nascondere la vergogna o il timore degli spettacoli che straziano l'animo. Quivi trovate vie strette, oscure, quasi del continuo umide e fangose, con case o piuttosto topaie, donde esalano vapori mefitici o molesti. Tetre e senza cortine le finestre di queste topaie; e ad esse pendono spesso da pertiche o corde i cenci, che non vedono il sole e per asciugarli ci vuoi tempo. In questi orridi covili è alloggiato d'alto in basso, dalla soffitta alla cantina, un formicaio di gente somigliante a quell'infelice e a quella famiglia, il cui aspetto vi ha fortemente commosso. Se penetrate fra quelle case, trovate da per tutto le stesse figure macilente, cadaverose, dagli occhi luccicanti dove sembra essere ridotta la vita, corpi stremati di forze e quasi trasparenti, donne spossate, fanciulli magri e appenati. Nell'interno dell'abitazione la stessa miseria poco o nulla degli utensili della casa. Nessun letto o in luogo di questo un canile che vi fa orrore a vederlo.

«Poca differenza nella condizione famigliare, la stessa insufficienza d'alimenti, comperi giorno per giorno a caro prezzo. Poi da queste bocche esce un parlar grossolano, intramezzato da motti osceni; quanto poi allo spirito ignoranza e credulità cieca e volubile, sdegno per tanti disagi e patimenti, e un avversare fieramente e minacciare coloro che sono più fortunati e un disperare che la propria sorte possa farsi migliore. Ciò posto come lasciar di meravigliarsi, allorchè un travaglio nella classe degli operai, una diminuzione di salario soppraggiungono ad aggravare questo deplorevole stato di cose, che per la naturale disposizione delle sommosse facilmente s'informa dei modi simili ai già detti?

«Non basta. Molti di codesti disgraziati sono così decaduti d'ogni speranza, ch'egli è anche troppo se vivono della vita del tempo loro.

«Si palesa una calamità pubblica? rimangono indifferenti. Avviene qualche festeggiamento intorno a loro? Essi non hanno di che festeggiare, mancano i mezzi; non sono quelle le loro feste.

«Che state a ragionar loro di economia politica, della legge che governa l'offerta e la domanda? Non ne sanno buccicata. Questo sanno solamente, che assottigliando il salario, scemando il lavoro, introducendo l'uso d'una nuova macchina motrice, scema la parte loro già scarsa; allora si mettono in isciopero e alla comparsa dei gendarmi, la cui vista è bastante ad inasprirli, scagliare loro delle pietre. Di qui il fatto di Chatelineau, lo sciopero del Borinage, la sommossa degli operai di Seraing o dei guantai. Così andranno a finire tutti i travagli dell'industria, fino a che l'istruzione e un certo grado di prosperità, non abbiano messo in sicuro la numerosa classe degli operai.

«Oltracciò, in quei dì solenni, nei quali lo spirito di amor patrio si diffonde per tutto il paese e lo commove non si vedono forse disgraziati operai rimanersi come sordi alle grida dell'universale, non badando all'accalcarsi della gente dinanzi a loro? A che serve rammemorare la patria? La miseria fa strazio della loro anima e la strema di forze. Che importa loro della patria? Il dolore non lascia luogo ad altre sensazioni. V'hanno pure operai che, tranne il meccanismo proprio della fabbrica dove stanno a lavorare, non conoscono nulla o quasi nulla di tutte le grandi scoperte che si attengono all'industria e fanno l'onore e la ricchezza del nostro secolo. Se inventaste cento volte a pochi passi da loro vie ferrate e telegrafi elettrici, vi darebbero sbadatamente un'occhiata e senza cupidigia, trattandosi di cosa che non fa per loro. Tutte queste opere meravigliose non riforniscono di carbone il loro focolare vuoto appunto nella stagione che più lo richiede, nè di pane la mensa che talvolta è deserta in quella appunto che più sentono lo stimolo della fame.

«Freddo similmente il loro sguardo all'apparire del giorno o al tramontare, e, se potessero, direbbero certamente col poeta:

CHE FA A ME IL SOL? DAL TEMPO NULLA ATTENDO.

«Cresce il terrore se vi fate a cercar il numero degli abitanti di questi quartieri. Vi converrà ammettere che sono a centinaia, a migliaia, gli uomini, le donne, i fanciulli, prossimo vostro s'intende, i quali menano cotal vita, ed è la vita di tutti i giorni. Neri pensieri v'entrano in capo, quando voi considerate da questo lato la questione sugli operai. Appresso vi sfugge dal labbro la dolorosa esclamazione: Povera gente! - Sì, povera gente, poveri operai! lo stato vostro fa ben parer giusti gli sforzi, che fanno tanti cuori generosi per cangiarlo in meglio.»

Questa descrizione dello stato di una grande parte degli operai non è esagerata, nè mendace. Il Dauby non è persona sospetta di simpatie demagogiche, anzi abbiam sentito da parecchi tacciar di codino lui e il suo libro.

Il signor cav. J. Dauby, autore di molti bellissimi libri popolari, era nel 1874 amministratore del Monitore Belga, ma fu un tempo semplice operaio.

Il benemerito tipografo della città nostra cav. Angelo Colombo, amico ed ammiratore di quello scrittore, ci narrò come quegli dall'umile sua condizione abbia potuto salire tanto alto.

Entrato nel 1840, dice il cav. Colombo, per una felice congiuntura di poche ore, nella stamperia del signor G. Lesigne, vi rimase per ventiquattro anni. Il suo padrone non tardò guari ad affidargli la direzione del suo stabilimento, incombenza, alla quale in seguito aggiunse la tenuta della contabilità e la correzione degli stamponi. Fu in questo mezzo che il Dauby fece amicizia con alcuni eminenti personaggi, che gli professarono grande benevolenza ed esercitarono sulla sua vita un ascendente per lui decisivo. Fra essi noi citeremo per tacer d'altri, il compianto Edoardo Ducpetiaux, ispettore generale delle carceri e degli stabilimenti di beneficenza dei Belgio, uomo di fama europea, ed il conte G. Arrivabene, divenuto poi senatore del Regno d'Italia.

E Ducpetiaux, che si occupava indefessamente d'opere di riforma in favore di quelli che la fortuna aveva diseredati, organizzò a Bruxelles nel 1856 un'Esposizione internazionale d'economia domestica, ch'ebbe buonissimo esito.

Fra i pregevoli oggetti, che quell'esposizione conteneva, eravi pure la casa d'un operaio, colle sue modeste supellettili. Per quanto però completo fosse quel mobiliar e modello, vi mancava nondimeno una cosa necessariissima: un buon libro.

Il Dauby ne fece motto al Ducpetiaux; e questi l'incoraggiò vivamente a scrivere un tal libro; e tre settimane appresso, sulla tavola della casa-modello c'era un manoscritto intitolato: Il libro dell'operaio: consigli d'un collega. Un tal fatto decise della carriera letteraria dell'autore. Il libro dell'operaio ottenne all'esposizione d'economia domestica la medaglia d'onore, che fu rimessa all'autore, con vive parole d'incoraggiamento, dal duca di Brabante, oggidì Leopoldo II re del Belgio.

«Il libro dell'operaio incontrò favorevolissime accoglienze, e, pel rapido spaccio, se ne fecero più edizioni, meritando di essere tradotto in varie lingue, tra le quali la portoghese, per cura della Società d'incoraggiamento del lavoro negli opifici, posta sotto l'alta protezione del re di Portogallo.

Il Dauby non può essere pertanto sospetto di demagogia, ed il suo libro è pieno di massime di una grandissima moderazione. Eppure egli, descrivendo in questo modo le condizioni degli operai, non avvertiva che parlava soltanto d'una parte della classe operaia, anzi per meglio dire di momenti speciali nella vita d'una parte della classe operaia.

Ma dell'operaio si può fare un altro quadro, che non è men vero di quello dipintoci dal signor Dauby. In modeste stanzuccie abitano le famiglie degli operai. Ecco delle buone mogli che alla mattina s'alzano sollecite per preparare un eccellente caffè nero pel loro marito, il quale non manca tuttavia di recarsi appena uscito di casa, dal liquorista, presso cui convengono i suoi colleghi. Qui si riscalda lo stomaco con un bicchierino o due d'acquavite e scambia quattro idee coi suoi compagni, idee, che so, io? di politica, di economia, di amministrazione, di filosofia epicurea e d'altro. Egli ha così soddisfatto a due bisogni egualmente legittimi, l'uno fisico e l'altro morale. Poi si reca al lavoro. Se l'operaio lavora a cottimo, lo si vede, massime nei primi giorni della settimana, porre mano al lavoro, poi smettere, poi uscire di fabbrica, poi ricominciare, consolandosi colla speranza che, lavorando come una bestia (è una frase di prammatica) per quattro giorni della settimana, egli guadagna più che non ne richieggano i bisogni della sua famiglia.

Ma, sciagurato, lo sforzo che fai nei quattro giorni ti rovina la salute! - E che importa? Non c'è l'ospitale? Non c'è il servizio di Santa Corona che mi fornisce e medici e medicine?

Non ho io pensato forse a iscrivermi nella Società operaia per avere il soccorso in caso di malattia? E poi non ho io un padrone che anche quando sono ammalato mi anticipa la pappa? Ah stolto egoista! per non fare al tuo mal talento una piccolissima violenza, per non vincere una mala abitudine, per non rinunciare ad un piacere sciocco e passeggero qual è quello di ciondolarsi due giorni interi per la fabbrica, dando la baia a quei pochissimi, che attendono al lavoro, perchè son pagati a giornata, ah, tu non guardi di nuocere alla tua famiglia, di sciupare la pubblica beneficenza, di scroccare un sussidio a tutto danno dei fondi della società a cui appartieni, e di giuocare la tua indipendenza contro le anticipazioni del tuo padrone! E per compensare costui della sua bontà cerchi di danneggiarlo in tutti i modi possibili? Perchè per tre giorni della settimana, ossia per quasi mezzo anno tieni il suo capitale, la macchina che ti presta per lavorare, nelle tue mani senza corrispondergli alcun frutto, e poi negli altri giorni lavorando in fretta e in furia gli rovini la macchina, ossia gli consumi il suo capitale, assai più che nol faresti se tu lavorassi regolarmente ogni giorno. E posto anche che in quattro giorni tu possa guadagnare senza un grande sforzo di che mantenere la tua famiglia e avanzare di che scialarla all'osteria, non è forse vero che lavorando anche gli altri tre giorni della settimana potresti porre in disparte un bel gruzzolo da depositare alla Cassa di Risparmio? Tu invece non puoi esser mai tranquillo sul domani nè per te, nè per la tua famiglia; tu ostenti indifferenza per le strettezze che ti si affacciano nel futuro, conti sul lavoro de' tuoi figli; ma, nutriti sregolatamente, un giorno cioè indigestione e un giorno digiuno, sono lì male andati in salute e pare anche a te che, continuando di questo passo, non potranno certo giungere ad essere il bastone della tua vecchiezza. Vedi dunque che non sei tranquillo. T'illudi ma non ti regge l'animo, e talvolta per obliare tuffi nel vino o nell'acquavite i tristi tuoi presentimenti.

E s'aggiunge a questi tuoi dolori anche il lamento continuo della moglie, la quale s'accora...

E di che s'accorano la maggioranza delle donne degli operai? Perchè anche domenica dovrà andare all'osteria suburbana collo stesso abito della domenica precedente, mentre le altre donne vi si recheranno con un vestito nuovo, fatto all'ultima moda, con nastri e fronzoli... E tutta la settimana tu vedi, caro operaio, tua moglie occupata a riattare un vestito vecchio, taglia di qua, ritaglia di là, aggiungi, inserisci, attacca, appendi, sovrapponi, e intorno a quel vestito stanno tutte le casigliane intente a dare consigli, a prodigare lodi al buon gusto, alla diligenza, alla laboriosità della tua donna... quando non ci sia qualcuna di quelle, che le faccia capire che a lei giovane e bella non potrebbe mancare chi regalasse un bel vestito nuovo ogni domenica, e che la conducesse nei principali alberghi in carrozza, e che le facesse bere di quelle bottiglie di vino, che al solo vederle fanno spuntare sul ciglio la lagrimetta della compunzione... e che ci sarebbe il figlio del prestinaio dirimpetto, che farebbe pazzie per lei... Povero a te, ottimo operaio, se sei predestinato! Ma voglio ammettere che tua moglie sia una donna onesta e in tali panie non s'inveschi. Dirà alla malvagia consigliera: Ma, e l'onore, Cecca? Quantunque la Cecca potrebbe farle sulla tesi «onore» dei sillogismi sans nom assai curiosi.

Ammettiamo adunque che la tua moglie sia una donna onesta. Non accadrà altro male che quello di sciupare un po' di tempo. Ma sarà appunto quel tempo prezioso, che essa non impiegherà per rassettare la casa, per raggiustarti e stirarti la biancheria, per rattoppare i poveri vestitini de' tuoi figli, per levar le frittelle dall'unica tua giubba della festa. La sua civetteria ucciderà la felicità di tutta la famiglia. E tutto ciò ti pare forse poca cosa?

E l'operaio che lavora a giornata? Fa il meno che può per tema d'ingrassare troppo il padrone, e si diverte a dirne poi tutto il male possibile.

Ma, dal mezzogiorno della domenica alla mattina del lunedì, domandate all'operaio che cosa sia la miseria, domandategli che valore abbiano le lire, parlategli di economia politica (scienza di moda e intorno a cui anche i lustrascarpe pretendono dissertare largamente) citategli lo esempio di Beniamino Franklin, e poi venitemi a dire che cosa vi risponderà?

Con quel risolino tra labbro e labbro, proprio di chi ha alzato un po' troppo il gomito, con una strizzatina d'occhio, e con una scrollatina di capo a sinistra, vi dirà: Non ha nessun parente più prossimo da contargli tutta questa bella roba? E col dorso della destra si liscierà i baffi ancora sgocciolanti di vino.

Alla domenica le osterie sono piene di operai, i teatri sono pieni d'operai, i postriboli sono anch'essi pieni d'operai, le vetture pubbliche sono tutte noleggiate dagli operai; in quella mezza giornata la ghiottornia, la sensualità, l'imprevidenza riddano, turbinano intorno alla mente ed al cuore, del povero operaio, il quale, trascinato dal vortice delle passioni, crede che il miglior modo di godere sia quello di stancarsi senza saziarsi un giorno solo, per restare poi digiuno gli altri sei lunghissimi giorni della settimana.

Nella notte della domenica avvengono per la città liti indiavolate e ne sono cagioni precipue la gelosia, l'ubbriachezza, il giuoco.

Anche quest'ultima passione entra nelle abitudini del nostro popolo. D'estate, in tutte le osterie si giuoca da mattina a sera alle boccie e d'inverno si giuoca a tarocchi, a tresette, a briscola, e infine alla mora. Questo giuoco chiassoso, che Orazio ben conosceva e che chiamavasi a' suoi tempi popolano in digitis dimicare, è uno dei passatempi più graditi pel milanese, giacchè risponde meglio d'ogni altro alla sua indole ciarliera ed urlona; serve alla ginnastica del polmone, e a far sentire sempre più il desiderio di ingozzare del vino. Laonde la maggior parte degli osti sono anche giuocatori di mora e organizzano partite nei loro negozi ed invitano, esortano, eccitano i loro avventori a giuocare; sapendo che come tutti i salmi finiscono col gloria, così ognuna di queste partite finisce coll'assorbimento d'un litro di vino, il che dà ad essi non piccolo vantaggio.

Anzi, un oste che sappia il suo mestiere fa di più: quando vede tranquillamente seduti nel proprio negozio uno qua uno là alcuni suoi avventori, egli li raccozza e si mette tra essi come trait d'union, affinchè si accingano a giuocare e partecipa egli pure a qualche partita. Basta questa presentazione dell'oste, perchè quei buoni avventori prima di notte siano amici e stiano tra loro come pane e cacio e si promettano di ritrovarsi al tavoliere anche la sera seguente. La partecipazione dell'oste al giuoco è la garanzia della lealtà dei singoli giuocatori.

Vi sono alcuni operai, che sono diventati famosi quali giuocatori di mora, e tengono il campo in certe osterie, dalle quali i novellini stanno lontani come i topi dalle trappole. Ma avvengono talora delle sfide formali e i giuocatori che si credono capaci si presentano in queste osterie, dove c'è qualche celebre morista, e con lui si cimentano, e premio della vittoria non sono soltanto i litri e le bottiglie di vino che si scommettono in ciascuna partita, ma il vincitore riporta anche una bandiera, ch'egli reputa premio tanto pregevole quanto lo poteva essere per un romano la corona civica.

Per la mora el Togn l'è in bandera, vale quanto dire che è un invincibile giuocatore.

Com'è facile accorgersi, l'operaio consuma in brev'ora quanto si guadagna in parecchie giornate di faticoso lavoro, e perciò durante la settimana il bisogno l'assale e allora i lamenti, i guai, i litigi si succedono in famiglia, e quando la sventura viene a punirlo dalla sua imprevidenza, allora non gli resta più che ricorrere al Monte di Pietà, alla Congregazione di Carità, ossia a divorarsi la speranza e a sciupare quel rossore, che lo stendere della mano alla pubblica beneficenza, richiama sempre sul volto a qualunque galantuomo.

Eppure v'ha di peggio. Qualche operaio stretto dal bisogno arriva a chiudere un occhio sulle mariuolerie dei figli, su certe colpevoli relazioni delle figliuole e persino della moglie, purchè queste vergogne gli apportino in casa tanto da supplire ai bisogni della famiglia.

A tanto l'imprevidenza e la prodigalità possono trascinare anche un onesto operaio.

Chi gli sapesse predicare la frugalità e la sobrietà, chi rendergli accetti i gusti semplici e fargli preferire una vita modesta e tranquilla ad una vita turbolenta e scialacquatrice farebbe davvero opera meritoria. Ma dov'è l'apostolo?

IL CARCERE.

La miseria, il delitto, il rimorso, il sospetto, il timore continuo della punizione, non rendono così incresciosa la vita alla feccia plebea quanto la perdita della libertà. È questa un bene tanto prezioso che, in qualunque modo limitato, quanto ne resta è pur sempre un bene assai pregevole, e la minaccia e il dubbio continuo di perderla sono cagione di farla reputare carissima.

Fino a pochi anni or sono in Milano gli oziosi, i vagabondi, i ladruncoli venivano ritirati in carceri grandiosi a sistema in comune o di famiglia come erano appunto le carceri di San Vittore.

Quantunque la vita che vi si conduceva non fosse molto noiosa, tuttavia, quando il lôcch vi entrava, aveva la faccia rabbuiata e stravolta, gli occhi invetriti o mobilissimi secondo le passioni, da cui era commosso. Sempre al momento d'essere rinchiuso in prigione, nell'animo del captivo sovr'ogni altro sentimento domina non dirò il dolore, ma il dispetto per la perduta libertà.

La Chiesa da' Cappuccini di San Vittore da gran tempo era stata divisa in grandi celle, ciascuna delle quali poteva capire fin cento individui. Queste prigioni quasi sempre rigurgitavano di detenuti, perchè quella disgraziata parte del genere umano sempre si riproduce, nè altrove si afforza tanto, quanto nelle carceri che la società costrusse per annientarla.

Le prigioni, tenute con questo sistema, non hanno mai raggiunto lo scopo che per mezzo loro il legislatore si propone di ottenere. Infatti la privazione della libertà è, secondo lo spirito della legge, una pena, non già una vendetta, e come pena deve tendere a sviare l'animo dell'uomo dal delitto, verso il quale l'uomo è spinto dalle sue prave passioni. La pena è in conclusione la controspinta, e perciò deve essere logica e morale. Il carcere a sistema di famiglia non è nè logico nè morale. Non è logico, perchè per punire dei delinquenti di niun conto li accomuna con altri di peggior conto, e questi servono di scuola a quelli, e quindi invece di reprimere il male lo favorisce e quasi lo promuove; non è morale, perchè impedisce a colui che fu arrestato di ridiventare galantuomo, giacchè quando viene rilasciato in libertà esce dal carcere inviluppato da conoscenze infami, dalle quali non gli è facile liberarsi.

Poichè (diceva l'illustre Carlo Cattaneo riassumendo alcune idee del Romagnosi intorno a siffatta materia) se il progresso dei tempi e il predominio della ragione introdussero nel carcere la disciplina, la salubrità, la nettezza, la luce, il lavoro, non giunsero ancora a togliere la convivenza depravatrice.

Il carcere riceve il novizio del delitto, reo forse d'una lieve infedeltà, tutto ansante di vergogna, di spavento, di rimorso e lo dimette dopo pochi mesi, indurato nel cuore, dotto nei misteri dell'iniquità, abbronzato nell'impudenza, consumato e disperato al pari de' suoi insegnatori.

La promiscuità fra giudicati e giudicandi, fra colpevoli e innocenti, fra i trasgressori di qualche frivola disciplina politica o civile e gli esseri più abbominevoli od infami non giova certo ad impedire il male.

La pena del carcere è una tremenda necessità sociale, bisogna quindi ch'essa venga inflitta con criterio indipendente da ogni passione e scevro da ogni pregiudizio, affine di non aggravare l'infelice condizione di tanti sventurati.

Non v'è anima bennata la quale, pensando alla serie indefinita di dolori, che dalla istituzione di siffatta pena insino ad oggi si soffersero nelle carceri senza la pausa d'un'ora sola, non senta quanto grave sia il còmpito dell'uomo che s'accinge a calcolare con austerità scientifica la quantità di miseria e d'angoscia che deve infliggere a moltissimi de' suoi simili, come pena de' loro mancamenti, pena che non sarà e non potrà dirsi legittima, se non quando la società abbia provvidamente procurato di volgere al comun bene le umane passioni. E la nostra società non vi ha ancora provveduto.

Ora, scrisse il grande pensatore testè citato, egli è certo che gli allettamenti e gli stimoli al mal fare sono maggiori, dove le plebe è disperata per miseria, o cresce ineducata e brutale, o i magistrati non vegliano a scoprire i delitti, o il braccio di una debole giustizia si abbassa dinanzi ai protetti del potente. Nè ciò basta, perchè dove gli uomini sono onesti solo entro il limite della paura, e nella società non circola uno spirito largo e vigoroso di morale e di probità, il fragile edificio delle pene non regge al peso morto della corruzione universale.

Perocchè bisogna coltivare negli uomini quell'impulso d'onore che non solo rattiene dal delitto, ma ne rende insopportabile il minimo sospetto; bisogna infliggere quanto più raramente si può l'ignominia, e far quasi economia delle erubescenze del popolo; bisogna promuovere fra gli uomini i vincoli dell'azienda civile, perchè sentano il bisogno della mano altrui e della buona opinione....

Le leggi al presente puniscono ma non prevengono il delitto; e correrà gran tempo ancora prima che la società pensi al miglioramento dei membri che la compongono, e tuttavia seguiterà a colpire in egual modo gl'infelici ed i colpevoli. Giacchè moltissimi operai sono dalla miseria tratti al delitto, e molti fra essi ignari del valore assoluto e relativo di un'azione criminosa.

La maggior parte dei delinquenti sono analfabeti; essi non hanno altra guida delle opere loro che l'istinto, poichè nessuno s'è curato di ridestare in essi il sentimento morale, epperò trovansi quasi alla condizione di bruti. Per costoro le leggi sono lettera morta, sanno che esistono delle leggi, perchè tratto tratto vengono dal rigore di esse colpiti, ma non sanno il perchè queste leggi esistano, nè da chi siano state fatte, meno poi se ve n'ha qualcuna che favorisca i miserabili. Tratto tratto questi vengono arrestati, poscia rilasciati per essere indi a poco arrestati di nuovo, tanto che trovandosi sempre in carcere sono costretti a dire tra loro che quelli che vanno in carcere sono sempre gli stessi; quelli che vanno all'ospitale sono sempre gli stessi; detti questi che non si riducono ad altro che a varianti del vecchio adagio: Sono sempre gli stracci che vanno alla folla.

I pensatori assai di leggieri s'accorsero che la mescolanza dei detenuti era dannosa alla morale e che la prigione invece di correggere i tristi, pervertiva i buoni. Si pensò di imporre il silenzio a tutti i carcerati, e questo sistema punitivo dalla città di Auburn, in America, che prima l'applicò, trasse il proprio nome. Ma il sistema di Auburn non raggiunse lo scopo, perchè, se soppresse la voce, non potè sopprimere le relazioni tra i carcerati, i quali acuirono sempre più il loro ingegno, affine di communicare tra loro, e studiarono e studiano tutti i mezzi per eludere la vigilanza dei loro custodi.

Che più? I dolori stessi, la stessa severità della pena ritemprano l'animo di que' disgraziati, i quali s'avvezzano a sopportare con altiera indifferenza persino le sferzate, per non dare spettacolo a' compagni della loro timidezza ed è naturale che talora pensino a reagire. Nel che bene spesso sono eccitati da qualche anima ribelle e determinata a tutto osare, la quale fa nascere all'impensata terribili ribellioni. E lo spettacolo della crudeltà della pena e la smania di reazione distruggono e sviano il carcerato dal meditare sulla propria colpa e lo allontanano dal pentimento: e il lavoro impostogli quale aggravio di pena, gli riesce disamabile anzi odioso. Queste cose ben videro le Autorità preposte alle carceri, e perciò studiarono il modo, affinchè fosse tolta questa infame comunanza.

Si cominciò dal dividere i detenuti, oltrechè per sesso, per età, per delitti, per disciplina, ma questa divisione non è sempre possibile, perchè ad attuarla occorrerebbero carceri assai grandiosi, giacchè si verrebbero ad avere in tal guisa circa quaranta classi di prigionieri, i quali difficilmente poi potrebbero ancora essere invigilati. Inoltre perchè la divisione sia ragionevole, bisogna particolareggiare sempre più nella scelta dei prigionieri destinati a restare insieme, e a forza di suddividerle è facile capire che si è obbligati di concludere che il sistema più logico è quello di tenere i detenuti separati ad uno ad uno, che è appunto ciò che fa il sistema segregante o di Filadelfia detto anche di Pensilvania, oppure di Cherry-Hill.

Questo regime è il più opportuno pei condannati, il più provvido o il più giusto pe' giudicandi. Quelli possono riflettere alle loro colpe o mettersi sulla via del bene, questi non soffrono l'avvilimento di trovarsi con tristi, prima ancora che i tribunali abbiano pronunciata sopra di loro una sentenza di reità o d'innocenza, nel quale ultimo caso essi ritornano alla libertà incontaminati, come quando per soddisfare alle gelose ricerche della giustizia furono gettati in carcere. Il condannato poi trova nel sistema segregante il modo di ottenere il proprio miglioramento morale.

Abbandonato a sè nella solitaria cella (nota Carlo Cattaneo), a prima giunta per lo più si abbandona al furore, agita pensieri di vendetta, e sfoga la sua rabbia in maledizioni. Ma alla violenza succede l'esaurimento e la stanchezza; il silenzio che segue ai vani suoi clamori, a poco a poco gli fa intendere quanto siano infruttuosi e insensati; egli vede tutta la sua impotenza e la sua nullità in faccia alla legge che senza percosse, senza catene, senza insulti, con mano invisibile lo assedia e lo stringe. L'idea della sua colpa, ch'egli fuggiva, ch'egli sommergeva nel tumulto della vita e delle passioni gli s'affaccia da ogni parte, e a poco a poco si allarga nel suo pensiero, e dilegua tutte le vanità che lo ingombravano.

Tra il rimorso e l'impazienza e il tedio, per sottrarsi agli odiosi pensieri e dissiparsi pure in qualunque modo che gli è possibile, egli afferra rabbiosamente la proposta d'un qualsiasi lavoro. Ben pochi hanno la forza di resistere a quattro o tutt'al più ad otto giorni di forzata inazione. Il lavoro non viene inflitto come un supplicio, nè imposto col bastone o colla fame; ma vien concesso come un'indulgenza, come un ristoro, che solo può rendere sopportabile quella noiosa vita. La disciplina non è sollecita di comandarlo: essa aspetta tranquilla il prigioniero, ben certa che tosto o tardi s'arrenderà. I signori De Tocqueville e De Beaumont dicono: Visitando il Penitenziale di Filadelfia ci siamo trattenuti con tutti i singoli carcerati; nessun d'essi che non parlasse del lavoro quasi con riconoscenza e non palesasse la persuasione, che, senza il conforto di una continua occupazione, non avrebbe potuto resistere al peso della vita. Che avverrebbe del prigioniero nelle lunghe ore di solitudine, se, senza questo rifugio, fosse lasciato a' suoi rimorsi, ed ai terrori della sua mente? Il lavoro dà interesse alla solinga cella; affatica il corpo ma conforta la mente. È singolare che costoro, giunti al delitto per la via della dissipazione e dell'ozio, siano ridotti ad abbracciare come unica loro consolazione la fatica; e costretti a sentire tutto il peso dell'ozio, imparino ad aborrire quella primiera causa d'ogni loro calamità.

Il confronto tra il lavoro e l'inazione ha tanta forza, che molti di quei meschini dissero, che la domenica era per loro insopportabilmente lunga e che non avrebbero potuto vivere senza lavoro. Questo bisogno si palesa in tal modo, che non avvenne mai di doverlo imporre colla forza.

Il condannato, intento al suo lavoro, respira dal tedio, dalla oppressiva idea della passata vita, e con ardor quasi puerile non ha per qualche tempo altro oggetto alla sua mente; e vi si dedica con solerzia e con amore, perchè gli è una difesa dai pensieri che gli rodono l'anima. L'imperturbato raccoglimento e la dura necessità gli aprono la mente ad imparare; l'istruttore, che viene a interrompere la sua solitudine con modi placidi e caritatevoli non può a lungo riuscirgli sospetto ed odioso. Le parole che questi prudentemente lascia cadere tratto tratto, rammentate poi nel silenzio, quando l'uniformità del lavoro lascia errar la mente, penetrano l'anima più rozza e selvaggia. La profonda monotonia della cella dà peso e consistenza ad ogni giusto pensiero che fortuitamente si svegli. E una volta che il prigioniero ha potuto rivolgersi sopra di sè, il lavoro non arresta più la sua riflessione. E spesso, una repentina visita lo sorprese immobile sul suo lavoro, tutto chiuso nel profondo della sua memoria, pensando forse alla carriera perduta, alla casa, ai congiunti, ai genitori afflitti e disonorati, alla moglie, ai bambini lasciati nell'abbandono e nell'abbiezione.

I più sciagurati che non hanno affetti, che sono intrisi di sangue, che nulla hanno in cuore che non sia tristo e perverso, nella mollezza di quella vita reclusa, tra il lungo silenzio e le parole caritatevoli, e la coscienza che ricalcitra e si spaventa, a poco a poco sentono venir meno l'antica ferocia. E non v'è a lato del prigioniero alcun essere malvagio, che ostenti una atroce indifferenza, o lo guardi con ironia, e con osceni e atroci scherni rimescoli la feccia delle sue passioni.

Tutto ciò che lo circonda gli rammenta il suo delitto. Non v'è intorno a lui nemmeno il fremito d'un'industria comune, nè l'affacendata disciplina d'un carcere popoloso: il rumore stesso delle battiture e delle catene gli risonerebbe gradito in quella vita di sepolcro. Il lavoro delle sue mani gli allevia bensì il tedio e il rimorso e lo rattiene sull'orlo dell'avvilimento, e della disperazione; ma non basta a dividerlo affatto dai suoi pensieri e fermare la corsa fatale che lo trascina verso il pentimento. Nel silenzio degli uomini e nel senno delle passioni, i consigli tante volte derisi, le parole che sembravano non aver toccata la sua memoria, i terrori religiosi, tutte le imagini e tutte le rimembranze del bene e del male, risorgono innanzi alla colpevole coscienza, e si fanno ogni giorno più potenti e irresistibili. Tutte le illusioni sono sparite; in faccia a una triste e severa realtà, nel profondo d'un silenzio di morte, dove nessuno lo vede e lo ascolta, una sola parola viva gli suona all'orecchio, ed è una parola di verità, che va dritta e irresistibile al secreto della sua coscienza. Il momento giunge alfine, in cui l'anima già nauseata dell'ozio, si nausea pure della durezza e dell'importanza, e si sente in balia d'insolite emozioni. Allora le alte verità della morale, insinuate con religioso affetto, possono ritemprare e rifondere l'anima più ostinata; i sentimenti dei pentito sono come un metallo squagliato, che scorre dovunque un'arte salutare lo guida. Chi passò per una siffatta prova, potrà, ritornato alla vita libera, precipitarsi in nuovi traviamenti; ma porta nel cuore una tale debolezza, che il solo nome del carcer basta a fermarlo ed avvilirlo in mezzo all'ebbrezza del delitto. La fiera domata non è più la fiera selvatica. E quella stessa potenza che arresta le ricadute nel liberato, annunciata e divulgata da loro alla moltitudine dei malvagi, potrà render terribile anche l'idea d'una prima colpa e formidabile la minaccia della legge. La prigione non sarà più per essa un piccolo mondo, dove se vi sono i dolori della reclusione e dei flagelli, vi sono anche i piaceri della compagnevole fratellanza e le distrazioni d'una disciplina spettacolosa; il carcere solitario è più disgustoso e amaro per essi, quanto più assidua e profonda è la sua calma.

Pur troppo le incompiute riforme che introdusse nel carcere la moderna umanità, avevano tolto a questo unico strumento di pena ogni terrore. Il malvagio scioperato vi trovava ricovero e letto, e pane certo, e lavoro mite, e compagnia quale egli poteva desiderarla: e a molti onesti operai carichi di famiglia, a molti giornalieri scalzi e famelici in mezzo ad ubertose campagne, il soggiorno del carcere era pur troppo una seduzione. Ma posto il regime d'un severa segregazione quand'anche la cella sia spaziosa, netta, chiara, ventilata, riscaldata, provvista di tutto ciò che un modesto vivere richiede, il vero malfattore preferirà sempre il lezzo e il disagio d'un sotterraneo, il pavimento nudo, la catena, il bastone, poichè tutte queste cose non giungono a domargli l'animo, e gli lasciano il tranquillo possesso della sua scelleratezza. Quando le antiche leggi inventavano con atroce poesia ogni modo di strazii pel corpo umano, ommettevano, senza curarlo, un tormento più squisito e potente, che piomba con tutto il peso sull'animo. La solitaria riflessione, la quale allora si apprezzava così poco, che a richiesta d'un tutore impaziente o d'un padre iracondo, si applicava a' giovinetti svogliati o loquaci, si palesò una pena di tale intensità, che alcuni già la gridano soverchia a qualsiasi più nero misfatto e sproporzionato alle forze dell'umana ragione.

Gli antichi avevano insegnato che il silenzio è fomite di sapienza e di virtù; ma non si sapeva che fosse un terribile punitore del delitto. Una filosofia severa che trae tutto dalla riflessione, trovò anche nella riflessione la forza penale, e con una vasta esperienza accertò la profonda sua induzione. Sdegnando il corpo del malfattore lasciandogli pure tutti gli agi della vita materiale, essa assale di fronte l'anima sua, la sua coscienza, il principio della vita. Il patibolo con tutto il sanguinoso suo fasto si spiritualizza nel silenzio della cella. Il mero dolore animale non è più la suprema difesa di una società minacciata e vessata, ma un dolore, ch'è tutto dell'uomo, anzi tutto dell'anima, una pena sociale per eccellenza, perchè consiste nel negare le dolcezze del consorzio sociale a coloro che ne turbarono la pace.

Eppure in mezzo ad una irresistibile efficacia, questa pena così temuta dal malvagio non offende per nulla i diritti dell'umanità; essa non accorre ad ogni istante col ferro e col fuoco, nè contrista di dolorose strida, nè contamina di sangue la città. I custodi, sicuri di sè, non feroci, nè sospettosi, possono mostrar sempre tutti la calma e la dolcezza; il cordoglio, che abbatte il prigioniero, viene tutto dalla legge, non inasprito dalla loro collera, nè aggravato dal loro arbitrio. Egli soggiace da sè all'onnipotenza della legge, e riceve il trattamento che risponde a' tristi suoi meriti, perchè lo riceve dalle opere della sua coscienza. Gli ufficiali non appaiono mai al suo cospetto, se non per interrompere il cruccio della sua solitudine, e provvedere ai suoi bisogni, e dirgli quelle parole che lo riconciliano col misero suo stato, e lo preparano ad uscire da quel fatale recinto con altr'animo ch'egli non vi entrava.

Il regime solitario si riduce a due fini: togliere il prigioniero dal dannoso consorzio dei suoi pari, e costringerlo a rientrare in sé, perchè l'esperienza dimostra, che senza questo ritorno, la pena s'infligge senza frutto e senza esempio. Non s'intende però che il prigioniero debba restar derelitto nella disperazione d'una tomba; poichè oltre alla caritatevole provvisione de' suoi bisogni fisici in una comoda cella, egli ottiene il conforto del lavoro, del consiglio, dell'istruzione e della lettura. Gli si interdice la compagnia de' malvagi; ma gli si concede quella d'uomini onorati e pietosi. Ed è un fatto che la disciplina isolante gravita tremendamente sul malfattore inferocito, ma quando il tempo, il silenzio e le ammonizioni hanno vinto la sua durezza e l'hanno, ridotto a sentire la stoltezza della passata sua vita, il tormento del suo carcere s'allevia e i suoi custodi e governatori trovano in lui una inattesa docilità e un assoluto abbandono.

Dopo un primo doloroso intervallo, l'abitudine a poco a poco induce l'animo alla quiete ad alla pazienza; dimodochè, il malvivente, condannato a breve pena, ne sente tutta la gravezza e ne porta fuori un salutare spavento; ma il malfattore condannato a molti anni di solitudine, può comporsi gradatamente a quella tranquillità, che riduce a riflessione anche le anime più burrascose. Non vi è in quella disciplina alcun risalto, alcun arbitrio, alcuna acerbità che accenda le sue male passioni: l'odio, la vendetta. Quindi nessun pericolo che l'irritazione mentale sconvolga la ragione.

Solo questi argomenti possono consigliare il regime segregante, il quale è però sempre una gravissima pena. A Torino nei primi mesi dell'attivazione del carcere cellulare, molti delinquenti volgari non ressero alla solitudine e si uccisero Si notò però che da quella città i ladruncoli emigrarono in massa, e sarebbe stato un bel vantaggio, se questo fatto si fosse verificato anche in Milano.

Nella nostra città venne pure costrutto un grandioso carcere cellulare, che torreggia severamente entro la cerchia dei bastioni fra Porta Genova e Porta Magenta.

Questo edificio, il disegno del quale devesi al compianto ingegnere Francesco Lucca, si eleva sopra un'area di metri quadrati 49,695, della forma di un pentagono, perfettamente isolato e chiuso da una grossa muraglia munita di cinque torri agli angoli, e del fabbricato di fronte della lunghezza di metri 204,50.

Lo stile adottato fu quello del medio evo, che risponde assai all'indole della fabbrica, di carattere grave e solenne.

Il muro di cinta porta alla sua sommità un ballatoio contenuto da parapetti di pietra per il servizio di guardia, facendo servire da garretta per le sentinelle le cinque torri.

Il carcere è diviso in tre distinti corpi di fabbrica.

Il corpo anteriore; la cui fronte è disposta sul lato del muro di cinta, che prospetta il Macello, quantunque faccia parte dello stabilimento, non è considerato come carcere essendo destinato agli uffici, alle abitazioni, al corpo di guardia, al servizio di magazzino e ad altri scopi. Esso ha l'aspetto di un castello severo, le cui parti centrale e laterali sono munite di merlatura.

Il secondo corpo di fabbrica, parallelo a questo è distante venti metri dal precedente e collegato col medesimo a mezzo di un andito a semplice piano terreno in continuazione al vestibolo d'ingresso. È elevato a due piani fuori terra, meno un breve tratto dove si praticò un ammezzato che soverchia il tetto. Questo si suddivide in due parti, ciascuna fornita di uno spazioso cortile; la destra costituisce il comparto riservato alle donne carcerate ed è diviso in sessanta celle, più quattordici altri locali di maggior ambiente per servizio d'infermeria.

Nella parte sinistra a terreno si trovano i locali per le guardie, il parlatorio speciale pei detenuti di passaggio, per quelli appena entrati nel carcere, i bagni, i locali destinati alla visita ed alla iscrizione dei detenuti al loro entrare nel carcere, i locali per la disinfezione degli abiti e pei guardiani.

Al primo piano nel lato verso oriente v'ha un portico di disimpegno di vari locali che potrebbero essere destinati ai condannati ad una pena di breve durata; al lato meridionale vi è un corridoio centrale con doppio ordine di celle in numero di venti. Ad occidente il cortile, un altro portico di disimpegno e dall'opposta parte altri locali di servizio.

Nel secondo piano sono notevoli due celle per quei reclusi che danno o simulano segni di pazzia. Queste celle sono disposte in modo che per appositi spiragli abilmente mascherati, praticati nella vôlta e nelle pareti, un guardiano può, non veduto, vigilare il detenuto.

Il terzo corpo di fabbrica ha nel suo centro una grande rotonda, da cui si diramano sei braccia equidistanti fra loro; ognuna di esse è costituita di un grande corridoio centrale che si eleva senz'alcuna divisione dal piano terreno sino al tetto; lateralmente sono disposti tre ordini di celle, disimpegnati da ballatoi che corrono lungo i lati dei vasto corritoio.

La lunghezza di ciascun braccio di fabbrica è di metri 62,50 a partire dalla periferia interna della rotonda. A ciascun lato di tali braccia e per ogni piano sono disposte sedici celle, per cui si hanno novantasei celle per ogni braccio e quindi i sei raggi daranno complessivamente il numero di 576 celle, senza contare ventiquattro celle di punizione, cioè quattro per ogni braccio.

Le celle dell'altro corpo di fabbricato sono larghe metri 2,40, lunghe metri 4, alte metri 3,40 circa; quelle del fabbricato a raggi misurano la larghezza di metri 2,20 per 4,30 di lunghezza e 3 di altezza.

Si accede alle celle per una piccola porta munita di un apposito spiatoio, affine di poter invigilare il detenuto, senza ch'egli se n'avveda. A tale scopo lo spiatoio è mascherato da un vetro colorato e si apre e si rinchiude a mezzo di un movimento a vite silenzioso.

Tutte le celle sono fornite di un richiamo ad un campanello elettrico, come ve ne sono alcune provvedute di un apparecchio per l'illuminazione a gas.

Mediante il campanello ogni detenuto può, in caso di urgente bisogno, chiamare un guardiano, e perciò mediante un semplicissimo congegno, mentre suona il campanello discende davanti alla porta della cella una piccola bandiera in ferro, che indica esservi in quella cella il prigioniero che ha chiamato.

Il mobilio delle celle, secondo venne stabilito dal Ministero, è costituito da un letto, il quale di notte è spiegato trasversalmente alla cella e di giorno trovasi arrotolato; di due ripiani piani o sgabelli situati in uno degli angoli della cella e di un ripostiglio. Serve di tavola il ripiano infisso nel muro e da sedile lo sgabello mobile.

Affinchè i guardiani possano durante la notte, portarsi ad ispezionare le inferriate, fu proposto dal Ministero di infliggere nel muro una manetta, appoggiandosi alla quale può il guardiano far entrare una gamba nello spazio che si lascia, dalla parte de' piedi, tra la estremità della branda distesa ed il muro e passare all'altro lato della cella.

Ogni cella oltre all'avere un cesso inodoro è eziandio provvisto d'acqua a sufficienza. Questa viene fornita da serbatoi collocati nei sottotetti e che vengono giornalmente riempiuti col mezzo di semplici pompe a mano. Da questi serbatoi si diramano dei tubi, che vanno a riempiere tanti recipienti, della capacità ciascuno di litri sei, quante sono le celle. Tali recipienti sono posti tra i rinfianchi del nascimento di ciascuna vôlta e specialmente nelle praticate smussature degli angoli delle celle, e conformati in modo che nel mentre si riempiono con un tubo comune, sono però gli uni dagli altri indipendenti, sicchè quando un detenuto per inavvertenza o studiatamente lasciasse aperto il suo rubinetto in modo da disperdere tutta l'acqua del recipiente a lui destinato, ciò non vada a scapito di altri detenuti e perciò si castiga esso stesso col privarsi per quel giorno del beneficio dell'acqua, oltre a che mette in avvertenza il guardiano, coll'effettuato disperdimento dell'acqua per la cella, in una quantità però che non può mai riuscire a danno del fabbricato, essendo appunto limitata a sei litri, ma bastante per farlo punire. Stannovi apposite bacinelle per ricevere l'acqua da ogni rubinetto, e che ponno servire per far rinnovare da ogni detenuto l'acqua nel sifone della latrina dopo essersene servito per la propria pulizia.

Le finestre che danno aria e luce alle celle sono fatte a strombo e disposte in modo, che, mentre queste restano sufficientemente illuminate e che il detenuto può godere della vista del cielo, egli non può vedere di fronte in linea orizzontale, essendo il piano del parapetto all'esterno più alto di quattro centimetri della parte inferiore del volto verso l'interno della cella.

Inoltre, affinchè i detenuti possano giornalmente respirare aria più libera e passeggiare, pur mantenendosi la più severa segregazione, si disposero otto passeggi. Essi sono formati da tanti piccoli scomparti raggiali divisi da muricciuoli alti metri 2,40, disposti secondo la direzione del raggio e fanno prendere allo scomparto stesso la forma trapezia.

La parte centrale si eleva su tutto il resto, ed è disposta a terrazzo coperto, dal quale il guardiano può con facilità invigilare i detenuti in tutti gli scomparti che sono interamente scoperti; meno per un breve tratto in aderenza alla parte centrale, ricoperta da un piccolo tetto, affine di difendere il detenuto dalla pioggia e dai cocenti raggi solari.

Infine, la disposizione poligonale e sporgente data alla estremità di ogni tramezza, impedisce che i detenuti possano, allungando le braccia fra i vani del cancello, comunicare fra loro, come pure l'essere tutti questi passeggi coperti da una sottile rete di ferro, toglierà il pericolo che i detenuti possano gettarsi l'un l'altro degli scritti.

Il numero totale delle celle a carcere è di 762. Al quale aggiungendo i locali destinati a infermerie, si ha una capacità totale di celle per 800 detenuti.

Eccovi descritto il carcere cellulare che la città nostra con grande dispendio ha innalzato. Se esso era davvero un bisogno universalmente sentito, rimarrà come monumento delle deplorevoli condizioni morali di Milano a' giorni nostri. Stringiamo i conti. Una pulitissima cella, fresca d'estate, riscaldata d'inverno, con un letto discreto, sei litri d'acqua al giorno, vitto, bucato, servizio, tutto ciò si dà a chi commette un delitto; mentre il povero che voglia vivere da galantuomo è costretto ad abitare una stamberga fredda d'inverno, calda e soffocante d'estate, mangiare peggio di moltissimi cani, infine stentare la vita.

È proprio scabra ed ingombra di spine la via del Paradiso,.... fin troppo.

Appio Claudio, irridendo alla miseria della plebe romana, disse che il carcere è l'albergo della plebe.

Or bene, per costrurre un tale albergo che i lôcch già battezzarono per Grand Hôtel Roncoroni o anche Pio Albergo Roncoroni (dal nome di un formidato Ispettore di Pubblica Sicurezza poscia divenuto Questore), in Milano si sono spese due milioni e centoventitrè mila lire.

Aggiungansi i denari che si pagano per gli stipendii del personale direttivo e di custodia, per il mantenimento dei carcerati, e poi dicasi che la società non si prende cura della plebe.

Chi però mi saprebbe dire quanto spende la società per migliorare la plebe? per prevenire certe cadute morali, per le quali un uomo onesto od una donna onesta trovansi precipitati in cotesto abisso senza uscita? Eppure questo carcere segna un gran progresso in confronto di quello a sistema di famiglia. In quest'ultimo la sopraeccitazione dello spettacolo impedisce la riflessione e quindi la riabilitazione morale dell'individuo.

Eccovi un giovinetto operaio arrestato, mentre nell'impeto dell'ira ha ferito un suo compagno. Vien tratto al carcere e consegnato al custode ed ai guardiani. Lo sdegno ed il dispetto ancora lo agitano, risponde con poca buona grazia alle interrogazioni del capo guardiano, il quale per punirlo della sua sgarbatezza lo fa mettere dove stanno i ribaldi più facinorosi. Appena il giovanetto pone il piede sulla soglia del carcere, tosto l'uscio gli si richiude alle spalle, ed egli si sente soffocare sotto una coperta e si trova gettato a terra.

E perchè? mi domanderà il lettore.

È una brutta consuetudine, che ebbe sempre vigore nelle nostre prigioni, e che non si è potuto far scomparire, se non colla abolizione del carcere a sistema di famiglia.

Quel giovanetto è stato atterrato dai corsari.

Sì, signori, vi erano i corsari nelle nostre carceri, e vi sono ancora dove non fu ancora applicato il sistema cellulare. Sono questi due prigionieri incaricati dal capo-stanza (che è il più anziano tra i rinchiusi in una stessa camera, e bene spesso il più ribaldo e il più manesco) a fare gli onori del ricevimento al nuovo venuto.

Al suo ingresso, tutti si radunano nell'angolo della stanza il più lontano dall'entrata, tranne i due corsari, che sì mettono l'uno da una parte e l'altro dall'altra della porta, tenendo distesa una coperta di lana, colla quale imbaccuccano il poveretto che entra, e lo trascinano a terra. Allora tutti gli corrono addosso e chi gli toglie il moccicchino, chi il cappello, infine, quanto ha di meglio sopra di sè, tutto gli vien portato via.

La preda si consegna al capo della cella, il quale pensa a farne spiccioli.

Immaginiamo alcune di queste scene nelle carceri soppresse di San Vittore.

Il derubato si rialza infuriato se è coraggioso, avvilito se è timido; in quest'ultimo caso va a rannicchiarsi in un angolo della cella in mezzo alle più sconcie risate dei concaptivi, nell'altro invece s'avventa alla cieca sul primo che incontra, e, mentre con costui sta per venire alle prese, gli saltano addosso gli altri a trattenerlo, finchè interviene colla propria autorità il capo-stanza a sedare il tumulto e a ristabilire l'ordine. Intanto questi ha già pensato a fa foraggià la scelpa, ossia a far scomparire la preda. Nel carcere di San Vittore il negozio si conchiudeva tra le due celle attigue, separate dal muro, che le divideva imperfettamente, giacchè non raggiungeva la volta. Il commercio si fa tra i due capi-stanza. Il venditore prende un pezzetto di carta, vi scrive sopra la proposta di vendita, poi mette in uno zoccolo il vigliettino che in gergo è detto lasagnin (al plurale lasagnitt), si pianta nel mezzo della prigione e grida: Casci? Si ode una voce che risponde dall'altra cella: Cascia. Allora il venditore lancia lo zoccolo, che supera il muro e va a cadere nell'altra cella.

Ma come ha potuto colui scrivere il bigliettino? Un pezzettino di carta e un piccolissimo pezzetto di matita posseggono tutti i frequentatori delle carceri, nè v'ha occhio per quanto esperto che giunga a scoprire i mille nascondigli, che sa trovare o creare intorno a sè il prigioniero.

Intanto l'altro capo-stanza ha radunato i carcerati, che hanno con sè denaro o ne hanno depositato presso il guardiano per fondo di sussidio, e ha esibita la merce. Se v'è alcuno, che si offre di comperarla, il capo-stanza rimanda la risposta. La merce insieme colla domanda viene spedita sempre per la stessa via. La si esamina si tira il prezzo, infine s'impiega una intiera giornata per concludere un affare di due lire. È questa una gradita occupazione per chi è condannato all'ozio. Se il compratore ha seco il denaro, questo viene dato al capo della cella, il quale lo spedisce al venditore detraendone una parte per tassa di mediazione. Se poi il compratore ha il denaro depositato per fondo di sussidio, allora l'affare si fa diversamente. Allora è necessaria la girata delle parti. Il compratore chiama un guardiano; questi apre el sfiandrin, finestretta tagliata nella porta stessa della carcere; il compratore gli ordina di porre a credito del capo dell'attigua cella la somma stabilita, sulla quale il mediatore ha sempre diritto di prelevare a proprio vantaggio una parte determinata. In altre carceri gli affari si fanno mediante la colomba, pezzo di cordicella, della quale si servono i prigionieri di una cella per comunicare con quelli d'un'altra. Nessuno dei concaptivi s'attenterebbe di impedire o di porre ostacolo a siffatte comunicazioni, quando non avvengono per conto proprio, anzi sono in ciò d'un mirabile accordo e con gran premura si prestano talora a mettere fra loro in comunicazione due individui l'uno dall'altro discostissimi.

Fa passà el bastiment, è la frase tecnica che significa partecipare una notizia. E questo si fa, quando è possibile, in gergo, oppure battendo colla nocca delle dita, contro la parete del carcere vicino, un certo numero di colpi, che qualcuno s'incarica di ripetere sul muro opposto e così via, finchè il rumore giunge all'orecchio di chi capisce il segnale e che risponde. E così rifanno la stessa strada i rintocchi di risposta con una scrupolosa esattezza e con una premurosa prontezza. Nelle carceri di Cherry-Hill per evitare questo ultimo modo di comunicazione, si è pensato a dividere le celle mediante due tramezzi, in modo che il suono s'ammorza e si perde nel vano delle pareti.

E dal fondo del carcere si commettono le più orribili ingiustizie, le più nefande sevizie, coll'audacia e la brutalità che solo può ispirare la sicurezza del silenzio della vittima. Non solo i più poveri sono condannati dal capostanza a fare i servizi i più umilianti del carcere, ma i più giovani sono talora trascelti a sfogo di sozze passioni. Nè giova che uno per sottrarsi mantenga un contegno severo. Nei primi giorni vien lasciato a sè, e schernito con semplici appellativi, poi qualcuno lo punzecchia con parole di famigliare scherzo ma dette in tono benevolo, e quando l'altro annoiato della sua volontaria solitudine sente il bisogno di parlare, attratto dal vortice dell'allegria chiassosa, che regna in un carcere a sistema dì famiglia, allora è costretto a prendere parte ai giuochi che vi si fanno, ed egli è quasi sempre la vittima degli scherzi più umilianti e atrocemente vergognosi.

Il giuoco del sarto, del ladro, del soldato, sono tali oscenità, che non mi è lecito neppure il descrivere. La narrazione vicendevole delle proprie gesta serve a compiere l'educazione del prigioniero, il quale se ha posto il piede nel carcere, traviato da una malvagia tendenza, ne esce corrotto nel fondo dell'anima, abbiettamente cinico e pressochè abbrutito dai vizii.

A petto delle gravissime colpe, di cui ode il racconto, il suo piccolo fallo gli appare meschino e ridicolo, sente il bisogno di elevarsi fino al livello de' suoi compagni, e, come un poeta cerca di emulare i grandi poeti, ed un negoziante cerca di gareggiare co' suoi colleghi, nè questi pensa punto di acquistare stima tra quelli, nè il poeta si sogna di agognare al credito di negoziante, così anche il lôcch non aspira alla fama di galantuomo, ma si sforza di guadagnarsi tra' suoi nomea di briccone matricolato. L'ambiente, in cui vive, lo costringe a ciò, nè può sottrarsi alla dura necessità che lo trascina.

Quando uno non è affatto furfante, simula di essere tale per guadagnarsi il rispetto degli altri concaptivi, o almeno per evitare le loro derisioni; e quando esce dal carcere, siccome non può aspirare a ritornare tra galantuomini, così la compagnia ch'ebbe là dentro, diventa la sua necessaria compagnia, alla quale lo avvince un tacito obbligo di solidarietà nel delitto. Quand'ei volesse, uscito di carcere, abbandonare i suoi compagni, non rispondere più al loro saluto, egli si buscherebbe il titolo di aristocratico e peggio di tira, che in gergo significa spia, o peggio ancora gli toccherebbero delle busse, perchè tutti i bricconi di questo mondo hanno per propria divisa, che chi non è con loro è contro di loro.

Si consideri ora quale debba essere l'angoscia d'un poveretto, che, accomunato per molto tempo con siffatta genia, venga liberato per sentenza dei tribunali con dichiarazione d'innocenza. Nè questo caso avviene raramente, perchè la giustizia umana è pur troppo spesse volte fallace.

Questo per quanto risguarda le carceri dove s'accolgono gli uomini.

Nè minore corruzione riscontrasi nelle carceri delle donne, ove gli amori e le gelosie tra esse fornirebbero il tema a migliaia di romanzi, del genere di quello del Belot, Mademoiselle Giraud ma femme.

Il chiasso e il ciarlìo in un carcere a sistema di famiglia, è, come ognuno può argomentare, grandissimo, ma su d'una sola cosa si serba da tutti il più geloso silenzio. Nessuno parla della colpa, per cui venne l'ultima volta arrestato. Se pende la procedura, un gran lavoro mentale pel prigioniero è quello di prepararsi agli interrogatorii, e siccome è tradizionale nel carcere il dubbio di poter aver a fianco dei tira, che rivelino ai giudici i discorsi, così ciascun carcerato è su questo proposito d'una eccessiva, ma non irragionevole diffidenza. Ad una domanda anche innocente, ma un cotal poco indiscreta vien subito risposto secco secco: Ogni detenuu el tira el so d'on carr. Tra i coimputati vi è un grande studio a non contraddirsi vicendevolmente, a non ismentirsi, a non iscoprirsi e vi sono non iscarsi esempi di uomini, che affrontarono la galera, piuttosto che pronunciare una parola che poteva valere a propria discolpa, ma che sarebbe stata un'accusa pel proprio compagno, la condizione del quale sarebbesi naturalmente peggiorata. Ma se v'è in moltissimi questo generoso coraggio del silenzio, manca però in tutti il coraggio di accusarsi, e nessuno si farebbe innanzi ad assumersi la responsabilità di un delitto, di cui è realmente colpevole per salvare anche il più caro amico. La perdita della libertà è per tutti troppo dolorosa e tutti cercano di evitarla. Quando il compagno, punito invece d'un altro, rimproverasse a quest'ultimo d'essersi sottratto alla meritata pena e d'aver lasciato lui nei guai, il compagno risponderebbegli domandando: Te me disarisset on stuped?

A cui l'altro dopo breve riflessione aggiungerebbe: Te ghe reson. Incoeu a mì diman a tù. Paghen on mezz e che la sia fenida. Evviva nun e porchi i sciori, che è il brindisi con cui i lôcch risugellano la loro amicizia. Ma questa solidarietà va scomparendo a poco a poco tra' detenuti. Una volta questi si soccorrevano l'un l'altro, si assistevano fraternamente se malati, si scambiavano gli abiti affine di recarsi decentemente vestiti dinanzi ai magistrati, per gl'interrogatorii o pel dibattimento finale.

Oggi, tranne i vecchi frequentatori del carcere, che ancora mutuamente si sostengono, i giovani sono egoisti, e l'uno verso l'altro indifferenti; sono capaci di rubarsi tra loro il pane, il che avviene spesso, e si diedero persino casi, in cui detenuti vecchi, avendo prestati a detenuti giovani i pagn de libertaa, affinchè non si presentassero ai giudici coi pagn del loeugh, essendo stati assolti o rimandati per, mancanza di prove, non restituirono gli abiti avuti in prestito; nè li tennero neppure per ritornare nel mondo, ma appena liberi li scambiarono con altri cenciosi e logori per ricavarne tanto da bere qualche decilitro d'acquarzente. A tanto può giungere la depravazione morale in siffatta gente, quantunque anche tra coloro, che si chiamano comunemente galantuomini, lo sconfessare od il tradire un benefattore non sia cosa tanto rara, che faccia inarcare le ciglia per istupore.

Però alcuni frequentatori del carcere in mezzo al rumore dei compagni pigliano sul serio il vivere in prigione e si danno a lavori, che pur troppo non sono da essi continuati, quando vengono restituiti a libertà. Abbiamo visto dei magnifici lavori a maglia fatti con cannuccie da granata in luogo di ferri da calze, e quei lavori eseguiti secondo un disegno capriccioso a trafori, ci parvero degni veramente di lode, anzi di ammirazione. Da un carcerato ci venne mostrato un lavoro plastico fatto colla mollica di pane. Era un gruppetto di tre individui, un uomo, una donna e un bambino negri posti su uno scoglio all'ombra di una palma che intendevano gli sguardi nell'orizzonte, per iscorgervi lontano lontano la patria perduta. V'era in quel gruppo tanto sentimento artistico, tanta verità e tanta poesia, che profondamente ci commosse.

Ma questi tentativi isolati vengono dai prigionieri fatti per passare la noia. Un lavoro serio, utile, intelligente, era stato organizzato nelle carceri giudiziarie di Milano dall'ex direttore delle carceri stesse Pietro Fassa.

Egli invitò e poscia incoraggiò alcuni intraprenditori, perchè volessero istituire degli opifici nelle carceri. Abbiamo visitate (era il 1873) l'officina da fabbro ferraio e la rilegatoria di libri nelle carceri di San Vittore, abbiamo veduta la calzoleria delle carceri di Sant'Antonio, ma l'officina che ci maravigliò più di tutte le altre fu quella di stipettaio esistente nelle carceri del Palazzo di Giustizia. Abbiamo osservati i lavori d'intaglio per la fabbricazione di mobili di lusso e ci sorprese la precisione, la finezza, il buon gusto, con cui quei lavori erano eseguiti. Non è un lavoro rozzo e materiale cotesto e perciò diverte e nobilita lo sventurato che a tale lavoro si dedica; e infatti in quelle carceri abbiamo notato fronti, sulle quali il vizio e la colpa avevano impresse rughe profonde, spianarsi, e diremmo quasi rasserenarsi a un raggio di speranza nell'udire le parche lodi, che loro dava l'egregio signor Leonardo Virillio, allora vice direttore delle carceri di Milano, promosso poscia a direttore di quelle di Messina, il quale ci fu cortesissima guida in questa nostra escursione.

I lavori che si facevano in quelle carceri oltre al vantaggio morale, che arrecano al prigioniero, gli porgono un utile materiale e arrecano non picciola utilità e all'imprenditore, e al compratore, ed infine allo stabilimento carcerario istesso.

Peccato che molti all'uscire di carcere non continuino le abitudini acquistatesi; e si diano invece nuovamente al mal fare. E nelle carceri il Fassa aveva istituito pure una biblioteca educativa e morale, ed oltreché eranvi maestri che pazientemente istruivano gli analfabeti, e i cappellani che vi diffondevano massime di religiosa pietà, le commissioni per la visita dei carcerati porgevano a costoro sussidi e conforti.

Però taluni membri di queste commissioni, per eccessivo amore del bene e per eccessiva filantropia, prodigano siffattamente la loro protezione ai carcerati da rendere difficile ed odioso l'ufficio di chi è deputato a mantenere tra essi la disciplina ed il buon ordine, sicchè i detenuti bene spesso abusano delle loro benefiche parole e giuocano l'uno contro l'altro, l'autorità della Commissione e quella de'guardiani, ridendosi dell'indulgenza soverchia dei signori che compongono quella, e ribellandosi alla legittima vigilanza di questi. Abbiamo sentito da alcuni carcerati a deridere l'operato della Commissione e a dire che i membri di essa prestano l'opera loro per pura vanità, per far parte dell'autorità ed essere menzionati con parole di lode nei diarii e negli annuarii. Ed uno conchiuse con queste parole: «Questi signori ci schiverebbero domani, quando ci vedessero liberi per le strade, ci scaccerebbero se ci presentassimo a domandar loro del lavoro, come un ricco industriale scacciò me dalla sua fabbrica la prima volta che mi vi recai ubbriaco. Sorreggere e non rialzare, questo è il dovere dei signori, tener buoni i buoni operai, e di noi caduti lasciare la cura alla Provvidenza».

Queste parole d'amara censura contengono tanta parte di una dura, ma pur troppo importantissima verità, che non abbiamo creduto doversi passare sotto silenzio.

Non crediamo neppure inutile di dire che vi fu eziandio un editore filantropo, che pensò alla pubblicazione di un giornale pe' carcerati, giornale che morì nascendo, ma che trovò scrittori, scrittrici, lodatori e lodatrici.

E mentre si fa tutto questo pe' carcerati, non possiamo tralasciare di ripetere che nulla si fa per coloro che appena si reggono barcollando sul sentiero della virtù; per quelli gli agi, i sussidi, i conforti, l'istruzione, per questi la miseria, il disprezzo, l'abbandono, l'ignoranza. Quanti operai, non ci stancheremo di ripetere, desidererebbero avere a un prezzo modesto una cella del carcere cellulare ben illuminata, asciutta, ariosa nell'estate, riscaldata nell'inverno, mentre invece sono costretti a rifugiarsi nelle locande tra il lezzo, i cenci e il sudiciume? Quanti galantuomini desidererebbero in compenso del proprio lavoro aver assicurato giornalmente per sè e per la propria famiglia la minestra e il pane che quotidianamente si distribuisce ai prigionieri? Invece tutti questi agi non si possono acquistare col lavoro onesto, bisogna guadagnarseli col delitto. Eppure la libertà fa parere meno triste la paglia trita e infestata dagl'insetti, su cui il miserabile riposa la notte, meno duro il tozzo di pane di granoturco che gli serve di nutrimento, del pulito saccone e del cibo igienico che si danno al carcerato. Il lôcch suol definire con un tragico motto la vita del carcere. La paia la mangia la carna, ci dice, volendo con ciò significare che il carcere distrugge la vita. Così pure dice che la giura la sgonfia, cioè che la minestra dei carcere gonfia; satolla cioè ma non nutre. Egli distingue inoltre con diverso nome il pane della prigione dal pane di libertà, e chiama quello marocch o con vocabolo del gergo ungherese chigna e questo denomina boffettôs. Curiose e degne di nota sono certe abitudini speciali al vecchio detenuto. Egli ha cura che la cella sia sempre pulita, ma prima di scopare adacqua il suolo, affinchè la polvere non si sollevi. La polvere, egli dice, smangia i polmoni, il qual detto fa risovvenire la polvere rodente dell'ottimo Parini. Il vecchio detenuto fuma, quando può, perchè a suo dire, il fumare leva l'umidità

Un'altra sua abitudine è quella di coricarsi presto e di alzarsi prestissimo, e quantunque, procuri sempre di cenare un paio d'ore almeno prima di coricarsi, pure egli va facilissimamente soggetto a sogni per il desiderio, da cui è posseduto o di essere condannato a breve tempo, o di andarne in libertà, od anche per la speranza che il processo prenda quell'indirizzo, che a lui possa essere più favorevole, Epperò qualunque sogno ha pel prigioniero un significato o riferentesi direttamente al sognatore o a qualcuno di coloro, che gli sono compagni di sventura nell'istessa camera. Ecco l'interpretazione di alcuni sogni, quale un detenuto ce l'ha fornita.

«Sognare orologi ha significato di movimento: il che nel gergo dei detenuti significa essere chiamato ad esame, o a dibattimento, oppure essere restituito a libertà, se il sogno vien fatto la notte precedente all'udienza finale.

Sognare carta; se è scritta, significa citazione ad esame o lettera in arrivo; se bianca, soccorso di biancheria.

Sognare maschere vuol dire subire confronti nel processo.

Sognare penne, cioè uccelli o pollame, significa condanna. Notisi che in dialetto milanese penn plurale di penna, e penn plurale di pena si pronuncia allo stesso modo.

Sognare uova indica essere condannati a tanti anni pari al numero delle uova sognate.

Sognare denti significa disgrazia domestica.

Sognare di riversare olio o sale presagisce pure disgrazia.

Sognare d'un cavallo nero vale novità.

Sognare d'un cavallo bianco vale notizia triste.

Sognare d'un soldato che fa fuoco indica buona nuova.

Sognare di escrementi, d'uva nera, oppure di vino è presagio di prossimo soccorso.

Sognare oro od uva bianca significa rabbia o tristezza.

Sognare argento di nota allegria.

Sognare pezze di lino significa soccorso in denari.

Sognare pane vale dover esercitare la pazienza.

Sognare scarpe predice vicino un viaggio».

E il detenuto che ci fornì tali dati aggiunse queste testuali parole: «Ed è tanta la convinzione che il prigioniero ha della veridicità dei sogni, che ci crede fermamente; e bisogna pur dirlo, che se il più delle volte si avvera la profezia, è perchè questa è in correlazione coll'esito che, malgrado gli sforzi che fa per illudersi, il detenuto stesso sa che devo avere la procedura contro di lui incoata».

Un altro presagio i prigionieri traggono pure dalla minestra. Quando vien loro presentato il piatto, che la contiene, tosto la rimescolano per vedere se v'è qualche pezzettino di lardo. Dicono essi che ogni pezzetto di lardo, che si trova nella minestra, significa un anno di cattività da subire. Quale può essere la ragione di questa credenza?

Può essere ironia, può essere astuzia.

Ironia, se colui che prima divulgò siffatta opinione, voleva accennare allo scarso condimento che si mette nella minestra del prigioniero; e voleva significare che è sì difficile trovare un pezzetto di lardo in quella minestra, che chi ve lo trovasse poteva di buon grado sottomettersi alla pena d'un anno di carcere, tanto tale cosa gli pareva miracolosa e quasi impossibile. Astuzia, se, chi fu l'autore di tale sentenza, approfittando della superstizione, mirò collo spauracchio d'un triste presagio a porre un freno alla ghiottornia del capo-stanza, il quale ripartisce la minestra fra i detenuti della propria cella. Vogliasi o non vogliasi un pezzetto di lardo nella minestra di un prigioniero è sempre qualcosa di ghiotto, e il capo-stanza s'impadronirebbe senz'altro di tutti i pezzetti di lardo nuotanti nella broda, senza l'incubo del triste augurio che il soddisfacimento della propria golosità trarrebbe seco; tanto la prima che la seconda interpretazione, ci conducono a ritenere un uomo di spirito chi imaginò e primo divulgò siffatta diceria.

Un ultimo pronostico. Se alcuno degli effetti di vestiario del detenuto, appesi alle pareti, senza causa visibile cade a terra, si presagisce da questo fatto la libertà per qualcuno, dei reclusi in quella camera e di ciò si suole menare gran festa.

Ma vien finalmente il sospirato giorno della libertà. Colui che deve andare in libertà ed ha denari sul fondo di sussidio, li fa dal guardiano convertire in vino, che beve co' suoi camerata. È il bicchiere della staffa, nè un detenuto di qualche conto vorrebbe privarsi del piacere di festeggiare la propria uscita dal carcere. Un bel mattino si schiude l'uscio della segreta, si chiama quel detenuto, che deve essere rilasciato, tutti gli si fanno attorno a pregarlo di commissioni di ambasciate; egli esce, adempie ad alcune formalità, poi se non deve ricevere ammonizioni dall'autorità di pubblica sicurezza, gli si apre il cancello della guardinna ed eccolo libero.

Mi diceva un truffatore avvezzo ad uscire dal carcere per rientrarvi poco appresso: «È però sempre una bella emozione. A me fa un certo effetto... Quando sono in istrada mi pare di essere piccino piccino...». Un altro dello stesso stampo mi diceva invece: «In generale nel primo giorno di libertà non si conclude mai nulla. Si va a zonzo, si guarda in aria, si cercano le piazze più larghe per respirare a pieni polmoni, poi si eseguiscono le commissioni date dai camerata, perchè bisogna fare agli altri quello che piacerebbe che gli altri facessero a noi... poi si va a trovare l'amante...».

«Ma perchè non correte prima a rivedere la vostra famiglia?» l'interruppi io.

«Perchè alcuni di noi non ne hanno mai avuta, altri l'ebbero per loro danno, perchè in famiglia trovarono i primi cattivi esempi, i primi eccitamenti al male, altri perchè le loro famiglie, chiuderebbero loro l'uscio in faccia».

«E l'amante?

«L'amante nostra, che in generale è una femmina da conio, ci ama centuplicatamente quando siamo in carcere, e se anche fosse capace di farci qualche torto, non ce lo farebbe per tutto l'oro del mondo durante la nostra prigionia. Sono le amanti che si ricordano di noi, e mettono tutta la loro compiacenza nel venirci a trovare, portandoci un abbondante soccorso. Andà a fà visita col brasc tiraa, è la frase di cui si servono le nostre amanti per significare «visitare l'amante prigioniero e portargli dei copiosi soccorsi in vivande, biancherie e denari».

Dei resto mi si disse, e facilmente prestai fede, non esservi gerarchia, determinata dalla maggiore o minore gravità del delitto, ed inoltre potei constatare che detenuti vecchi rimproverarono dei giovinetti caduti in colpa per la prima volta e perciò stati arrestati.

«È una vergogna, diceva un vecchio peccatore ad un ragazzotto arrestato per vagabondaggio, tu sei giovane e puoi lavorare e l'ozio non ti ha ancora affatto guasto. Se incomincerai a rubare, non potrai più correggerti; e poi, notato per ladro una volta, sarai ladro per tutta la vita. S'io potessi tornare della tua età!...».

Questi consigli vengono però dati una volta, sola, nè vengono ripetuti mai più per lo stesso, individuo, quand'anche ritornasse cento volte tra piedi a quel genio del buon consiglio incarnato in un veterano della colpa.

Un'ultima osservazione. La statistica c'insegna che le classi più corrotte della nostra popolazione sono i manovali, i camerieri, i prestinai, i gridatori di giornali, i facchini, i quali forniscono il maggior contingente alle prigioni. La media delle colpe contemplate dalla legge che vengono denunciate ogni giorno è di trenta per ciascun giorno.

I reati più in voga in Milano sono la truffa e l'appropriazione indebita; vengono in seguito in ordine di frequenza il ferimento, il furto, il borseggio, i reati contro il buon costume. I delitti, che vanno diminuendo continuamente. sono le aggressioni e le rapine. Rarissimi sono tra noi i casi di ricatto e di estorsione.

Ci siamo dilungati assai su questo tema, perchè ci parve che ne valesse la pena. Infatti il carcere in Italia inghiotte annualmente una grandissima quantità di gente, di cui la società s'impadronisce e che rinserra fra quattro mura; ma essa non pensa in nessun modo a migliorarla o almeno a prevenirne le cadute. Per non essere tacciati di esagerazione, diamo la statistica del movimento delle carceri italiane nell'anno 1871:

	Entrati	Usciti
Nelle carceri giudiziarie	342,476	337,328
Nelle case di pena	5,144	4,960
Nei Bagni	3,662	2,633
Nelle case di custodia	661	617
Negli Istituti di ricovero	1,054	641

In statistiche più recenti queste cifre sono aumentate notevolmente.

Quante vittime dell'imprevidenza sociale!

GLI ASILI NOTTURNI.

1 novembre 1884! D.F. Giorno fausto davvero per Milano. Sono stati inaugurati gli Asili notturni in via Pasquale Sottocorno fondati dalla ammirevole generosità di Edoardo Sonzogno. Il quale dopo aver comperata l'area, sulla quale erigerli; dopo averli fatti edificare e arredare a tutte sue spese, non chiese altro al Comitato direttivo, a cui donava i due Asili, se non che, quello destinato agli uomini si chiamasse Lorenzo, dal nome del suo ottimo padre, e quello per le donne, Teresa, dal nome della sua egregia madre.

L'ingegnere Mazzocchi, con intelletto d'amore ha creato nel disegno di questi Asili un idillio architettonico.

Ecco l'ampio dormitorio, arioso, pulito, con quattro file di buoni letti di ferro, dove il povero può col riposo rifarsi le forze fisiche per sostenere la lotta morale della vita; ecco l'oasi, in cui può rifugiarsi il disgraziato, che vacilla sul sentiero della virtù purtroppo deserto di consolazioni, e, per impulso del rio bisogno, sta per traboccare nell'abisso della colpa; ecco tre notti di carità confortevole, che permettono il raccoglimento e la riflessione; ecco la salute, ecco la moralità, tutelate da un savio spirito di beneficenza redentrice; ecco infine il raggio della speranza nel buio della esistenza travagliata dalla miseria.

Accorrete, o poveri, che dormite nei sottoscala, negli androni delle case, sulle gradinate delle chiese, sulle panche di sasso o sotto gli alberi delle piazze, sulle cascine dei dintorni di Milano; accorrete, chè sono la vostra casa questi Asili, nè qui vi turberà il sonno la paura di essere spogliati dei pochi cenci, che costituiscono la vostra proprietà, o di essere arrestati. Questa casa è sacra al riposo, e l'ospite non trova in coloro, che l'avvicinano, se non amici e benefattori.

Ed oltre il grandioso dormitorio, ecco la sala per coloro, la cui salute meritasse speciali riguardi; ecco il bagno per stingervi da ogni sudiciume; ecco una sala di lettura, con una eccellente libreria piena di opere, ricche di buone idee e di generosi sentimenti; qui potete intrattenervi a leggere, qui potete scrivere ai vostri cari, e forse una preghiera giunta ad essi in tempo, chi sa che non possa procurarvi l'appoggio d'un congiunto; il soccorso della famiglia.

Nel Direttore e nella Direttrice degli Asili avrete un fratello e una sorella: essi vi consiglieranno al bene; vi aiuteranno a cercar lavoro; non sarete più soli a combattere contro la miseria; il Comitato vi porgerà un po' di pane, un po' di minestra, se siete affamati; vi rifornirà di abiti, se all'Asilo vi presentate laceri e sudici, e l'istituzione degli Asili sarà per voi la Provvidenza che vi proteggerà e vi salverà dal male.

Sabato 8 novembre 1884. Nella strada è freddo e buio pesto: nei dormitorii luce vivificante e tepore. È la prima notte, in cui gli Asili notturni debbono accogliere i poveri ospiti.

- Verranno? Non verranno? Si mostreranno diffidenti anche della carità? si dicono l'un l'altro i membri componenti il Comitato, pensando agli sventurati, pei quali gli Asili sono stati fondati.

Odesi il tintinnio del campanello elettrico dell'asilo Teresa. È una vecchia campagnuola nonagenaria, la quale trovasi a Milano e vi dove pernottare.

Per essa l'Asilo notturno è una vera benedizione del cielo.

Risuona di nuovo lo stesso campanello.

Chi è? È una povera cucitrice, senza casa nè tetto.

- Cerco ricovero per questa notte, domani qualche santo provvederà.

Povera infelice! che vita a trentacinque anni!

Un'intiera famiglia, padre, madre, due figliuoli e una bambina chiedono ospitalità. È un quadro miserevole, che stringe il core.

Vengono da Bologna: il padre di quegli infelici è un cameriere disoccupato.

Poveretto! è macilento e smunto da far pietà! Ed è un galantuomo a tutta prova, come appare da attestati onorevolissimi, che porta con sè. Con tante ragioni di far del male, egli non si è lasciato mai smuovere dal retto sentiero del bene, e un giorno che il caso gli ha fatto capitare tra mani un portafogli molto ben guernito di denari, trovò in sè stesso l'onesto coraggio di restituirlo.

Il padre coi due figliuoli vengono ricoverati nell'Asilo Lorenzo; la madre colla bambina nell'Asilo Teresa.

Altri infelici sopraggiungono timidi, peritosi: alcuni hanno fame.

Si provvede loro, vengono confortati; e, scoccata l'ora stabilita, tutti vanno a dormire.

Sono molti, molti gli ospiti, non moltissime invece le ricoverate. Tra le cagioni di questo fatto devesi mettere anche la mancanza di coraggio della donna, la quale, finchè può, a costo anche di qualunque vergognoso sacrificio, non si lascia indurre a chiedere la carità. La donna non si arrende alla miseria, se non quando ha acquistata la triste certezza, che essa più non può piacere ad alcuno.

Ogni giorno che passa nuovi beneficii apportano ai poveri gli Asili notturni.

Centinaia e centinaia di persone ogni settimana vi trovano ricovero e soccorsi. Molti degli ospiti vengono occupati e col lavoro viene loro assicurata una vita onesta e decorosa. Oh benedetti gli Asili notturni!

25 dicembre 1884. Le sale di lettura degli Asili notturni sono tramutate in sale da pranzo, addobbate di festoni di edera. Sono apparecchiate le mense, adorne di fiori. In questo giorno di gioia per tutti, non doveva mancare la consolazione della carità ai derelitti.

Chi non ha un posto alla mensa domestica o alla mensa di un amico, ha qui il suo posto. Pace e benevolenza tra gli uomini! È questo il savio motto ispiratore del banchetto dei poveri.

Perdonate all'ingiustizia dei vostri simili: perdonate a chi è cagione delle vostre miserie; riconciliatevi con voi, se voi stessi foste per avventura la cagione della vostra infelicità; pensate ad emendarvi, e a beneficare voi colla vostra operosità. Ma intanto gioite della carità dei buoni. Nella nostra Milano il povero non è più tormentato dall'isolamento; purchè il voglia ha una casa, e qui, presso il luogo, dove sorgeranno le case per gli operai, che coi loro risparmii hanno potuto diventare proprietarii del nido dei loro familiari affetti, qui fu santo pensiero far sorgere i Ricoveri dei proletarii. L'esempio dell'operosità favorita dalla fortuna, invoglierà al lavoro coloro, a cui la fortuna ha voluto duramente mostrarsi matrigna.

Oh benedetti gli Asili notturni!

FINE